「や、失礼」
鋼殻のレギオスIII
センチメンタル・ヴォイス

いったい誰が……？
何のために——？
ZUELLNI

「なら、気が済むまで付き合ってあげます」
「調子にのるなぁ！」

鋼殻のレギオス 3
センチメンタル・ヴォイス

雨木シュウスケ

ファンタジア文庫

1244

口絵・本文イラスト　深遊

目次

登場人物紹介

●レイフォン・アルセイフ　15　♂
　主人公。第十七小隊のルーキー。グレンダンの元天剣授受者。戦い以外優柔不断。
●リーリン・マーフェス　15　♀
　レイフォンの幼馴染にして最大の理解者。故郷を去ったレイフォンの帰りを待つ。
●ニーナ・アントーク　18　♀
　新規に設立された第十七小隊の若き小隊長。レイフォンの行動が歯がゆい。
●フェリ・ロス　17　♀
　第十七小隊の念威繰者。生徒会長カリアンの妹。自身の才能を毛嫌いしている。
●シャーニッド・エリプトン　19　♂
　第十七小隊の隊員。飄々とした軽い性格ながら自分の仕事はきっちりとこなす。
●ハーレイ・サットン　18　♂
　錬金科に在籍。第十七小隊の錬金鋼のメンテナンスを担当。ニーナとは幼馴染。
●メイシェン・トリンデン　15　♀
　一般教養科の新入生。強いレイフォンにあこがれる。
●ナルキ・ゲルニ　15　♀
　武芸科の新入生。武芸の腕はかなりのもの。
●ミィフィ・ロッテン　15　♀
　一般教養科の新入生。趣味はカラオケの元気娘。
●カリアン・ロス　21　♂
　学園都市ツェルニの生徒会長。レイフォンを武芸科に転科させた張本人。
●ゴルネオ・ルッケンス　20　♂
　第五小隊の隊長。レイフォンと因縁あり？
●シャンテ・ライテ　20　♀
　第五小隊の隊員。隠す気もなくゴルネオが好き。
●キリク・セロン　18　♂
　錬金科に在籍。複合錬金鋼の開発者。目つきの悪い車椅子の美少年。
●アルシェイラ・アルモニス　？？　♀
　グレンダンの女王。その力は天剣授受者を凌駕する。
●シノーラ・アレイスラ　19　♀
　グレンダンの高等研究院で錬金学を研究しているリーリンの良き友人。変人。
●サヴァリス・クォルラフィン・ルッケンス　25　♂
　グレンダンの名門ルッケンス家が輩出した二人目の天剣授受者。
●リンテンス・サーヴォレイド・ハーデン　37　♂
　グレンダンの天剣授受者。レイフォンの鋼糸の師匠。口、目つき、機嫌が悪い。

プロローグ

反響《はんきょう》する声には責《せ》める鋭《するど》さがあった。

「ガハルド・バレーンを忘《わす》れていないな？」

息を呑《の》む気配。

答えを待つ沈黙《ちんもく》。

切迫《せっぱく》した冷たさ。

崩《くず》れて、幸運なのか不幸なのかよくわからない複雑《ふくざつ》な偶然《ぐうぜん》によってできあがった密閉空《みっぺいくう》間の中で、二人の人間が生死の境《さかい》とは別の場所で緊迫《きんぱく》した雰囲気《ふんいき》を作り出している。

わたしは息を呑む。

傍観者《ぼうかんしゃ》でしかないわたしは息を呑む。

この人たちはなにをやっているのかと……

自分たちの命が後数分しか残されていないという状況《じょうきょう》で、この二人はなにをしているのだろう？

一人は重傷《じゅうしょう》を負っている。死に至《いた》る傷《きず》ではないけれど、肋骨《ろっこつ》は何本か折れているだろうし、右肩《みぎかた》の骨《ほね》は砕《くだ》けているのではないかと思う。衝勁《しょうけい》の余波《よは》で防護服《ぼうごふく》はぼろぼろになっていて、きれいに割《わ》れた腹筋《ふっきん》には汚染物質《おせんぶっしつ》の焼け跡《あと》がいくつかできて、それはジクジクと黒い染《し》みを広げ続けている。

もう一人は重傷は負っていない。ただ、胸《むね》から左肩にかけて防護服が裂《さ》け、胸に浅い傷を負っている。そこから入り込《こ》む汚染物質が体を侵食《しんしょく》しているのだろうけれど、目に見えるものはない。

それでも、どちらがより緊迫した顔をしているかと言えば、怪我《けが》をしていない方。

レイフォン・アルセイフ。

「忘れたとは言わせないぞ……」

「忘れるわけがないでしょう」

息を吐《は》き出す音がして、わたしはレイフォンを見た。

レイフォンの表情《ひょうじょう》を見た。

その名前はきっと触《ふ》れられたくない過去《かこ》を示《しめ》すはずで、レイフォンの心を突《つ》き刺《さ》すための武器《ぶき》のはずなのだ。

それを突き立てられたレイフォンがどんな顔をしているのか……息を呑んだその顔が、事態《じたい》を理解《りかい》した時にどんな表情に変化するのか……

わたしは、息を呑んでそれを見つめる。

彼は……

「忘れるわけがない。……忘れたいと思ったこともない。でも、無理して覚えていようとしていたわけでもないですよ」

「……なんだって？」

「……僕《ぼく》にとって、彼はそれぐらいの意味しかない、そういうことです」

ひどく冷たい顔をしていた。

「貴様《きさま》……」

「ガハルド・バレーンは死にましたか？」

「っ！」

驚愕《きょうがく》し、怒《いか》りに震《ふる》え、そして青ざめる……変化し続ける男の顔を、レイフォンは突き放した表情のままで見つめ続けている。

「あの人の妄執《もうしゅう》に付き合うのは、そろそろやめにしたいと思います」

あくまでも冷たく、レイフォンは言葉を紡《つむ》ぐ。

だけどその目は、目の前の人物に向けているのではなく、もっと遠く……ここにはいない誰《だれ》か、きっとガハルド・バレーンという人物に向けられているのだろうなと、わたしは感じた。

01　提案《ていあん》

無数のざわめきが下からどれだけ湧《わ》き上がってきても、ここは静かだった。

「ふう……」

リーリンは自動販売機《はんばいき》で買った紙コップのジュースを片手《かたて》に、背《せ》もたれのないベンチに腰《こし》かけた。

グレンダン上級学校にある休憩室《きゅうけい》は吹《ふ》き抜《ぬ》けになった二階構造《かいこうぞう》だ。昼間などはこの二階部分にも生徒たちがやってきて賑《にぎ》やかなのだが、放課後のいまでは一階部分だけで事足りる。休憩室はここだけではないし、飲み物を求めてやってくる運動部の連中などは、もっとグラウンドや体育館に近い場所にいく。

図書館に近いこの場所は割合《わりあい》に静かだ。上級生たちの一団《いちだん》──おそらく文科系《ぶんかけい》クラブの連中だろう──が一階に集まっていたが、その彼らの話し声はこちらに届《とど》いては来るものの、ここまで届く頃《ころ》には意味のない音の塊《かたまり》になってしまう。背景《はいけい》の一部と思ってしまえばうるさくもない。

「ふう……」

ため息をもう一度、リーリンは弱い照明で薄暗《うすぐら》い休憩室を眺《なが》めるともなく眺めながら紙コップの中身に口を付けた。熱く甘《あま》いココアの味が口内に広がり、熱は喉《のど》を伝って胸《むね》の内を温めていく。

「もう……ほんと、どうしろっていうのよね……」

紙コップの熱を両手に感じながら、リーリンはぐったりと床《ゆか》を見つめた。

「……帰っちゃおうかな」

鞄《かばん》も何もかも図書館に置きっぱなしにしているのはわかっているのだが、それを取りに戻《もど》る気力がどうしても湧かない。なにより、図書館に戻ってしまえば自分の荷物を置いた場所にある無数の本とともにある真っ白のレポート用紙を見てしまう。あれを見てしまえば、無視《むし》なんてできない。それがリーリンだ。

『都市間交流における情報更新《じょうほうこうしん》の意義《いぎ》と経済効果《けいざいこうか》』

教授《きょうじゅ》がいきなり、リーリンにこのテーマを押《お》し付けてきたのだ。提出期限《ていしゅつきげん》は一週間後で、まだ時間があるといえばそうなのだが、そもそも上級学校に入ったばかりのリーリンにこなせる課題ではない。それっぽい専門書《せんもんしょ》を一つ紐解《ひもと》いてみても、そこには意味不明の専門用語が並《なら》び、それを理解《りかい》するために別の本に手を伸《の》ばし、そしてまたその本の内容《ないよう》を理解するために別の本も引っ張《ぱ》り出さないといけない。

「……うう、基礎知識《きそちしき》そのものが足りてないのよね。そもそもの数字が理解できないんじゃ意味ないじゃない。まったくもう……どうしろっていうのかしら」

こんな感じで放課後の二時間を見事に本を積み上げるだけで消費してしまっては、やる気があるない以前の問題だ。挫《くじ》けるその前の段階《だんかい》から頓挫《とんざ》しているような気分をごまかすように、リーリンは制服《せいふく》の胸ポケットに手を伸ばした。

カサリとした感触《かんしょく》。

それを抜《ぬ》き出す。出てきたのは一通の封筒《ふうとう》で、リーリンは封筒から慎重《しんちょう》に便箋《びんせん》を抜き出して広げた。

「相変わらず汚《きたな》い字……」

言いながらも、頰《ほお》がなんとなく緩《ゆる》んでしまうのを抑《おさ》えられない。

リーリンはもう何度も読んだその手紙を読んだ。


元気かな？　こちらは相変わらずです。

いや、相変わらずでもないかな？　リーリンの心配通りのことになっていました。

ツェルニにまた汚染獣《おせんじゅう》が接近《せっきん》していました。今回は汚染獣が脱皮《だっぴ》前だったために、ツェルニが察知できなかったのです。幸いにも都市の探査機《たんさき》が発見していたために都市が襲《おそ》われる危険《きけん》を回避《かいひ》することはできたけれど……

リーリンの心配通り、僕は一人で汚染獣と戦うことを選びました。

汚染獣との戦いは熾烈《しれつ》です。それはグレンダンにいる時に嫌《いや》になるぐらいに経験《けいけん》しました。天剣《てんけん》使いといっても、都市の外で汚染獣と戦うとなったら余裕《よゆう》なんてない。少しでも相手の攻撃《こうげき》が体に当たれば、それだけで僕たちは汚染物質《ぶっしつ》に体をやられてしまう。

そのことを知っているだけに、僕は誰かと一緒《いっしょ》に戦うという選択肢《せんたくし》を思いつきませんでした。

いいや、最初からそんなことは考えてなかった。

自分はもう天剣を持っていないんだということも忘《わす》れて、馬鹿《ばか》なことをやりました。

正直、ちょっと危《あぶ》なかった。

いや、かなり危なかった。

僕は、自分の武器すらも信じていなかったというのがよくわかった。天剣がどんなものか知っていながら、剣を持っていれば昔どおりにやれる……過信《かしん》していたんだと思う。とんでもない自惚《うぬぼ》れだ。だからリーリンの言葉が、とても痛《いた》かったです。

でも、そういうことはもうやめました。

僕はできるだけ、一人で戦わないようにします。

武芸《ぶげい》を捨《す》てるつもりなのに捨てられないでいる苛立《いらだ》ちは、いまはありません。もどかしさぐらいはあるにはあるのだけど、それはなんとかなります。

武芸以外の道を探《さが》すことを諦《あきら》めたわけではないです。

ただ、この場所を今失うわけにはいかない。僕にとって、再《ふたた》び始める場所なのだから、失うわけにはいかない。

その気持ちが、たぶん、もどかしさをなくさせているのだと思います。

リーリン、僕がこういう形で武芸を受け入れることができているのは、君のおかげだ。グレンダンという僕の過去《かこ》に君がいてくれたからこそ、武芸を全否定《ぜんぴてい》しなくて済《す》んでいるんだと思う。

たぶん、それはとても幸運なことなんだと思う。

リーリンは僕が本当は武芸が好きなんだと言う。僕にはまるで実感がないけど、リーリンが言うのならそうなのかもしれない。すくなくとも、僕の十数年を支《ささ》えた、そして今の僕というものを形作る、きっと大切な一部なのだから。それを失わずに済んだのは本当に幸運で、そして失うのを防《ふせ》いでくれたリーリンも、僕にとっては失ってはいけない大切な人なんだと思う。

六年という月日を手紙だけでやりとりするのは辛《つら》いかもしれないね。僕もそれを感じました。

この、距離《きょり》という壁《かべ》を、僕たちはいつか踏破《とうは》できるのかな?

できると信じたいね。

君のこれからに最大の幸運を。

レイフォン・アルセイフ

手紙を読み終わって……もう何度も読み終わっているのだけど、リーリンはぐったりとしてしまった。

嬉《うれ》しくて、呆《あき》れて、そして怒《おこ》ってしまう。

リーリンのことを大切な人だと言ってくれるのは嬉しいのだけれど、リーリンの本心をまるで受け止めていない、そんなものがあることにすら気がついていないようなレイフォンの鈍感《どんかん》さに呆れ、そして腹《はら》が立ってくる。

いったい何枚《まい》の便箋《びんせん》を犠牲《ぎせい》にして、覚悟《かくご》を決めて書いたと思っているのか……それを考えると、本当に……

「ああ、まったくもう……」

レポートのことを忘れたくてなんとなく……こうなることがわかっていたというのに手にとってしまって、リーリンはもう、救いようもないくらいに脱力《だつりょく》してしまった。

いっそ、ベンチに不貞寝《ふてね》してやろうかと考えていると……

クッ……

「？」

かすかな、声を殺した笑い声が聞こえてきた。

誰もいないと思っていたのに、誰かいた。

「え？」

振《ふ》り返ると、リーリンの背後《はいご》、壁際《かべぎわ》のベンチに一人の青年が座《すわ》っていた。

「や、失礼」

みっともないところを見られたと気付いてリーリンは頰《ほお》が熱くなったが、いまだに笑っている青年の姿《すがた》を見てすぐにむっとして睨《にら》んだ。

長い銀髪《ぎんぱつ》を後ろでまとめた青年で、薄着《うすぎ》になるにはまだまだ寒いというのに両腕《りょううで》がむき出しになった薄地の服を着ている。誰も彼もが好感をもってしまいそうな甘《あま》いマスクで、笑い方にもどこか品があった。

だが、笑われているのが自分自身では、さすがに好感なんてもてない。

「……どなたですか？　この学校の人には見えませんけど」

むき出しになった両腕はびっしりとした筋肉《きんにく》が皮膚《ひふ》を押し上げている。学生という雰囲《ふんい》気《き》ではない。武芸者《ぶげいしゃ》だろう。グレンダンを歩いていれば武芸者なんて珍《めずら》しくもないし、生徒にも武芸者はいるのだけれど、この青年は上級学校の生徒には見えない。

「うん、君の言うとおり、ここの学生ではないよ」

青年は笑みの余韻《よいん》を残しながらも体を震《ふる》わせるのを止めた。

「じゃあ、なにか御用《ごよう》ですか？　それなら事務局《じむきょく》は……」

「やっ、この学校には用はないんだ」

さっさと消えてほしい。そう思ってことさら事務的に物を言おうとしたリーリンを、青年は制《せい》した。

「え？」

「用があるのは君になんだ、リーリン・マーフェスさん」

「へ？」

「あ、言っておくけど、これはナンパの類《たぐい》ではないからね」

「……なんでわざわざそんなことを言うんですか？」

「うん、なんでだかわからないけど、僕が女性《じょせい》に声をかけるとそういう風に受け取ってしまわれる場合がとても多いんだ。だから、一応《いちおう》念のため」

「自信過剰《かじょう》ですね」

確《たし》かに、この青年に声をかけられるとそういう風に夢想《むそう》してしまうかもしれない。変なところを……レイフォンの手紙を読んでウーアー唸《うな》っていたところを見られて笑われたりなんてしていなければ、リーリンだってそう思ったかもしれない。

もちろん、その時には丁重にお断《ことわ》りするつもりだったのだが。

しかし、こんな前置きなんてされてしまうと、その容姿《ようし》とあいまってとても嫌味《いやみ》だ。本人にそのつもりがなさそうなところが特《とく》に。

「そんなつもりはないんだ。僕は本当にそんなつもりはないんだよ？」

「そういうことが聞きたいわけではないです」

おそらくは理解《りかい》できないんだろうな……なんだかそんな気がした。青年には邪気《じゃき》らしいものがなにもなく、なんだかそういうところは子供《こども》っぽい。

「それで、一体何の御用なんですか？　わたし、これでも忙《いそが》しいんですけど」

片付《かたづ》ける気力も湧《わ》かないレポートも、こんな時にはいい断りの材料だ。武芸者は基本的《きほん》に高潔《こうけつ》な人物が多いけれど、だからといって武芸者の犯罪《はんざい》が存在《そんざい》しないわけではないし、武芸者でなかったとしても、見ず知らずの男性に用があると言われてほいほいと付いていくつもりはまるでない。

「うーん、その忙しい理由ってもしかしてランディオン教授《きょうじゅ》のかな？　それなら、もうなにもしなくていいよ」

「え？」

「僕《ぼく》が教授に、学校に残っていてもらうように取り計らってくれって頼《たの》んだんだ。『リーリン・マーフェスは優秀《ゆうしゅう》だから、簡単《かんたん》な用ならすぐに片付けてしまう。よし、ちょっと無理なレポートでもやらせてみよう』なんて言ってたから、もしそれなら、しなくてもいいよ」

「……なんですか、それは」

どういう風に驚《おどろ》けばいいのかわからなくて、リーリンは脱力《だつりょく》した。あの難物《なんぶつ》の教授にそんな頼《たの》みごとができる青年も謎《なぞ》だが、そんな理由であんな難題を押《お》し付けられたのだとわかると、なんだか色々と……情《なさ》けなくなってくる。

「それこそ、事務局にでも言って呼《よ》び出すなりなんなりすれば……」

脱力したままそう言うと、青年は平然とした様子で答えた。

「できるだけ隠密《おんみつ》に片付けたかったんでね。……レイフォンにも関わる問題だし」

「……え？」

一瞬《いっしゅん》、時間が止まった気がした。

「うん。まぁ、そこまで気にすることでもないのかもしれないけど、レイフォンが関係するとなると、色々敏感《びんかん》になっちゃう人たちもいると思うんだ。だから、内緒《ないしょ》で君に会いたかったんだ」

「あなた……一体」

「君にとっては不快《ふかい》な話なのかもしれないけれど、これもまぁ、なにかそういう……うーん、運命？　そういうような物だと思ってくれるとありがたいんだけど」

「……はぁ」

空返事をしながらも、リーリンはもう理解《りかい》していた。この青年がなんの目的でリーリンに近づいたのか……それはまったく理解できないのだけれど、この青年が何者なのかは理解できた。

教授が青年の頼みを聞くはずだ。

彼らの頼みごとを無視《むし》できる人間なんて、このグレンダンでは陛下《へいか》くらいのものだろう。

そして理解してしまえば、この青年の名前も浮《う》かんでくる。

「それで、わたしに……」

そこまで言ったところで……

「ひゃっ！」

いきなり、引っ張《ぱ》られた。

視界が急激《きゅうげき》に溶《と》けていく。静から動への変化の過程《かてい》がまるで認識《にんしき》できなかった。薄暗《うすぐら》い休憩《きゅうけい》室の風景が溶けて線になって、あとはもうなにがなんだかわからない。

リーリンは凄《すさ》まじい勢《いきお》いでなにかに引っ張られていた。

「ああもうっ！」

凄まじい勢いで引っ張られていくリーリンの横を青年が駆《か》けている。全ての景色が溶けている中で、青年の姿《すがた》だけが普通《ふつう》に見ることができた。

休憩室の外にまで引っ張り出されたリーリンは、そのまま宙《ちゅう》を舞《ま》った。上に引き上げられたのだ。無理な力が加わった痛《いた》みはなく、リーリンはただ、なんだかよくわからない力に覆《おお》われたような気分を感じながら空へと放り出された。

「きゃっ」

屋上にまで引っ張り上げられたリーリンは尻餅《しりもち》をついたものの、そこでようやく人心地《ひとごこち》つけた。

学校の周辺を見渡《みわた》せる屋上には、すでに先客がいた。

ぼさぼさの髪《かみ》に無精《ぶしょう》ひげの、むさくるしいコート姿の男がいる。なにが気に入らないのかというぐらいに鋭《するど》くした瞳《ひとみ》は、リーリンではなく屋上からの風景を睨《にら》み付けていた。

「なんでこんな力業《ちからわざ》をしますかね、あなたは」

悠々《ゆうゆう》と屋上に辿《たど》り着いた青年が、非難《ひなん》がましい目をコートの男に向ける。それでも、コートの男は風景を睨み続けていた。

「お前の話は無駄《むだ》に長い。イライラする。いったい俺《おれ》を何万日ここで待たせておく気だ？　そこの娘《むすめ》と結婚式《けっこんしき》を挙《あ》げるまでか？」

「いたいのなら何日でもどうぞ。あなたはどこにいたって陛下の用をこなせるのでしょうし」

「笑えんな。陛下の命《めい》など、俺は生まれてから一度も聞いたことがない」

「あなたがそう思ってないだけでしょうに、リンテンスさん」

「汚染獣《おせんじゅう》を何億匹虐殺《なんおくひきぎゃくさつ》したところで、それは陛下の命ではなかろうが」

「この都市を守ることこそが、陛下が僕たちに与《あた》えてくださった最大の命ですよ」

「お前とは幾星霜《いくせいそう》話しても平行線だな」

「そうですね、僕もこれ以上人生の無駄遣《づか》いはしたくありません」

つまらなそうにコートの男……リンテンスが鼻を鳴らし、青年も肩《かた》をすくめた。

「……それで、ですね」

緊迫《きんぱく》しているのか和《なご》んでいるのかいまいち判断《はんだん》のつかないやりとりに言葉を挟《はさ》んで、置いてけぼりをくらったリーリンは二人を見た。

なんでこんなことになったんだろう？　そう思いながら。

「えーと、サヴァリス様とリンテンス様ですよね？　なにか御用《ごよう》ですか？」

リーリンは二人の武芸者《ぶげいしゃ》を、グレンダンの誇《ほこ》る十二人の天剣授受者《てんけんじゅじゅしゃ》の内、二人を見つめながら、そう問いかけた。

†

熱い歓声《かんせい》が野戦グラウンドを支配《しはい》している。

その目を、レイフォンは誰《だれ》かに似《に》ていると思った。

「背後《はいご》にもう一人います」

「わかってます」

耳元からしたフェリの言葉に遅《おそ》さを感じながらも、レイフォンはそれに苛立《いらだ》ちを感じることはなかった。

フェリの念威《ねんい》操作能力《そうさのうりょく》ならもっと早くそれに気付いていたことだろうが、それを使うことを嫌《きら》うのが彼女なのだから仕方がない。

観客席からの歓声がフェリの次の言葉をかき消す。それを問い返す暇《ひま》はない。

対抗《たいこう》戦の真っ最中だった。

野戦グラウンドを進むレイフォンの目の前には大男がいた。

戦闘《せんとう》衣には第五小隊のバッジが付けられている。

野戦グラウンドに司会の女の子の声が響《ひび》き渡《わた》る。

「おおっと、わずか数戦にしてツェルニ最強アタッカーの呼《よ》び声も高いレイフォンに、第五小隊隊長ゴルネオ、どう対抗するのか!?」

四肢《しし》に手甲《てっこう》と脚甲《きゃっこう》が付けられている。色からして紅玉錬金鋼《ルビーダイト》だろう。

（格闘術《かくとうじゅつ》を使う……だけではないかも）

そう思いながら、レイフォンは青石錬金鋼《サファイアダイト》の剣を構《かま》える。

「さあ、どう出る？　ゴルネオ。ここでレイフォンを止めないとフラッグを取られてしまうことにもなりかねない！」

試合が開始されてから、レイフォンはひたすら、第五小隊の念威繰者《そうしゃ》に見つかることもおそれずに直進していた。

狙《ねら》うのは第五小隊の陣内《じんない》に隠《かく》されたフラッグ。

防御側《ぼうぎょ》の第五小隊はフラッグを破壊《はかい》されれば即《そく》敗北となる。代わりに攻撃側《こうげき》のレイフォンたち第十七小隊は、司令官である隊長のニーナを撃破されれば敗北となる。

（格闘術に……もしかしたら……）

紅玉錬金鋼というのが気になる。レイフォンは悠然《ゆうぜん》と進めていた足を止めてゴルネオと呼ばれた大男を見た。

短く刈《か》り込《こ》んだ銀髪《ぎんぱつ》に、人型の自動機械のように四角い顔と体。厳《いか》つい顔の中に収《おさ》まった目や鼻にはどこか甘《あま》い雰囲気《ふんいき》の片鱗《へんりん》も見え隠れして、それが愛嬌《あいきょう》にも取れる。笑えば意外にいい男かもしれないその目も、いまは鋭《するど》く引き締《し》まり、レイフォンに向かって巨大《きょだい》な拳《こぶし》を叩《たた》き込もうとしていた。

その拳に剄《けい》が集まる。紅玉錬金鋼に反応《はんのう》して赤い残光を引きながら放たれた拳は、途中《とちゅう》で手甲とは別のものに覆《おお》われた。

「化錬剄《かれんけい》……っ！」

飛《の》び退く。

数倍にも巨大化した拳が地面を爆散《ばくさん》させる。

舞《ま》い散る土砂《どしゃ》をそのままにはしない。土砂の中に混《ま》じって飛散した剄がさらに変化して、

レイフォンに襲《おそ》いかかってくる。

飛び退きながら剣に収束《しゅうそく》させた剄を、振《ふ》りぬき、解《と》き放つ。

外力系衝剄《けいしょうけい》の変化、渦剄《かけい》。

渦巻《うずま》きながら放たれる無数の剄の塊《かたまり》が、土砂ごとゴルネオの剄を爆発させて撃《う》ち落としていく。

さらに細かくなった土砂が煙幕《えんまく》となって周囲を覆う中、レイフォンは新たな気配がゴルネオから飛び出したのを感じた。

「レストレーションっ！」

甲高《かんだか》い声。起動鍵語《けんご》とともに姿《すがた》をあらわした槍型《やりがた》の錬金鋼《ダイト》の赤い残光を引き連れて、小さな人影《ひとかげ》がレイフォンに迫《せま》る。

（こっちも紅玉錬金鋼か）

いるのは最初からわかっていた。二段《だん》構えの攻撃をするだろうことも予想はついていた。

問題は……

（どういう攻撃をする？）

レイフォンはまだ着地してなく、姿勢《しせい》を制御《せいぎょ》することはできない。着地するまでの間に勝負をかけるつもりだろう。

青石《サファイア》、紅玉《ルビー》、碧宝《エメラルド》……これらの錬金鋼の違《ちが》いは黒鋼《クロム》の含有量《がんゆうりょう》の違いだ。黒鋼のみであれば頑丈《がんじょう》さ優先《ゆうせん》で剄の伝導率《でんどうりつ》を悪くするのだが、含有されている状態《じょうたい》であれば、その比率によって性能《せいのう》に変化が生じる。

その中で紅玉錬金鋼《ルビーダイト》は剄に変化を起こしやすい作用を持つ。

化錬剄……剄に変化をもたらせる術技《じゅつぎ》を得意とする武芸者《ぶげいしゃ》には、これほど相性《あいしょう》のいい錬金鋼はない。

それがわかるだけにのんびりとしてはいられない。相手の出方を待つ余裕《よゆう》はない。変幻《へんげん》自在《じざい》の攻撃《こうげき》を得意とする化錬剄使いを相手に、出方を見た上での対応《たいおう》では、どうしても遅《おく》れが出てしまう。

そしてその遅れを突《つ》き続けるのが、この二人の連携《れんけい》の妙味《みょうみ》に違いないとレイフォンはすでに判断《はんだん》していた。

ゴルネオが土煙《つちけむり》の向こうで何も準備《じゅんび》していないはずがない。

刹那《せつな》の間で、レイフォンは冷静に判断した。

渦剄を放った余波《よは》で、着地点が後方に下がっていることがわずかに有利か？　相手の目算にずれがあるとすれば、この部分だろう。

振りぬいた姿勢からさらに回転を加える。剣《けん》を引き戻《もど》すのは現在《げんざい》の力の流れに反していて、余計な動作を生む。

「炎剄将弾閃《えんけいしょうだんせ》～んっ！」

甲高い声が技《わざ》の名を叫《さけ》び、槍の穂先《ほさき》から炎《ほのお》の塊《かたまり》と化した剄弾が飛び出す。

頭上から迫る熱気に、レイフォンは活剄を両腕《りょううで》に集中。同時に剣に剄を再度《さいど》収束させる。

膨大《ぼうだい》な衝剄《しょうけい》を周囲に撒《ま》き散らしながら、活剄によって強化した腕力が空中でレイフォンの体をコマのように回す。

活剄衝剄混合《こんごう》変化、竜旋剄《りゅうせんけい》。

レイフォンの周囲で剛風《ごうふう》が渦を巻いて天に昇《のぼ》った。

「ぎゃんっ！」

頭上からの声とともに迫っていた炎剄が霧散《むさん》し、技を放った当人は突如《とつじょ》出現した竜巻《たつまき》に弾《はじ》き飛ばされる。

しかしそれも遠くにではない。小柄《こがら》な体は空中で回転して姿勢を整えると、後方に退避《たいひ》したゴルネオの肩《かた》に着地した。

「くっそー、いまのはいけると思ったのに……」

肩に乗ったのは小柄な少女だ。紅玉錬金鋼《ルビーダイト》に負けない赤い髪《かみ》をした、勝気そうな女生徒。

「剄技《ぎ》の数ではあの男には勝てない」

「それはもう聞いたっ！　てか、あのタイミングで反撃《はんげき》してくる？　無茶苦茶」

「だからこそ……だ、それよりも奴《やつ》は……？」

すでに力を失ってかき消えようとする竜巻には目もくれず、二人の目がレイフォンの姿《すがた》を探《さが》す。

探して……驚愕《きょうがく》した。

「なっ！」

「うっそ……」

二人の目に映《うつ》ったのは、無数のレイフォンの姿だった。

「残像攻撃《ざんぞうこうげき》？　こんなにたくさん⁉」

背後《はいご》に、折れかけた樹木《じゅもく》の枝《えだ》に、空中に、前に左右に……二人を囲むようにレイフォンの姿がある。

「千人衝《せんにんしょう》……」

ゴルネオが呟《つぶや》き、唇《くちびる》を噛《か》むのをレイフォンたちは見た。

技は止まらない。

活剄衝剄混合変化、千斬閃《せんざんせん》。

実際《じっさい》には千もない、せいぜい十数人というところか。

逃《に》げ場もないほどに囲んだレイフォンたちが一斉《いっせい》に襲《おそ》いかかる。その斬撃《ざんげき》のほとんどは外す。たとえ安全装置《そうち》がかかった状態《じょうたい》の錬金鋼《ダイト》とはいえ、これだけの数で一度に打っては撲殺《ぼくさつ》してしまう。

動けない程度《ていど》に手加減《てかげん》した斬撃を打ち込み、二人が地に倒《たお》れるのを確認《かくにん》する。

ほぼ同時に、フラッグ破壊《はかい》を知らせるサイレンが鳴る。観客席のどよめきがそれをかき消す。剄の余波《よは》を振《ふ》り払《はら》うレイフォンはゴルネオともう一人の少女……情報《じょうほう》では第五小隊の隊員、シャンテ・ライテを見る。

「きゅ～」

目を回して気絶《きぜつ》しているシャンテはともかくとして。

「……畜生《ちくしょう》」

斬撃を耐《た》え切って起き上がろうとするゴルネオがレイフォンを見ている。

深い谷底から見上げてくるようなその目には、やはり覚えがあるような気がした。

（たしか……ゴルネオ……ルッケンス……）

ルッケンス……その名に、かすかに嫌《いや》な予感を覚えた。

†

控《ひか》え室には明るい空気が満ちていた。

「今日もおれ様はイケてたね」

シャーニッドが絶好調に言い放ち、二本の錬金鋼をクルクルと回した。

「うん、ここまでうまくいくとは思わなかったよ。ニーナの作戦勝ちだね」

「おいおい、おれがいたからっていうのを忘《わす》れてもらっちゃ困《こま》るよ、ハーレイ」

「それはもちろん」

肩をすくめながら、ハーレイはシャーニッドから錬金鋼を受け取り、チェックを開始する。

「実際、ここ二戦は隊長の作戦がすごくうまくいってると思いますよ?」

黙《だま》って腰掛《こしか》けに座《すわ》って二人のやりとりを聞いていたレイフォンはニーナを見た。

「みなの能力《のうりょく》があればこそだ」

苦笑するニーナの表情もまんざらではなさそうだ。

ニーナの考えた作戦とは、こうだ。

先行するレイフォンを囮《おとり》に、念威《ねんい》の操作《そうさ》から発見されにくい殺剄《さっけい》を得意とするシャーニッドが陣《じん》まで潜入《せんにゅう》、さらにレイフォンの後ろにつく形でニーナが進み、レイフォンが戦闘《せんとう》に入ったところで陣まで一気に移動《いどう》。防衛《ぼうえい》に残った連中がニーナに合わせて動きを見せたところでシャーニッドがフラッグ破壊を視野《しや》に入れたかく乱戦《らんせん》を展開《てんかい》し、そこにニーナも飛び込む。

シャーニッドが銃衝術《じゆうしようじゆつ》……銃を使った格闘術《かくとう》が使えるというのでニーナが考えた作戦だが、見事にはまった。

第五小隊は攻撃の要《かなめ》であったゴルネオ、シャンテのコンビを無視できないレイフォンにぶつけたため、迎撃《げいげき》に精彩《せいさい》を欠いたし、いままで遠距離射撃《えんきよりしやげき》だけだと思われていたシャーニッドが近距離戦をこなすとは思っていなかっただけに奇襲《きしゆう》としての効果《こうか》も高かった。

「シャーニッドが銃衝術をいままで隠《かく》していたから効果があったな。……だが、さすがにこの二戦でうちの戦力分析《ぶんせき》は完了《かんりよう》しただろう。当たってない小隊には武芸長《ぶげいちよう》の第一小隊もある。気が抜《ぬ》けないのは変わらない」

「おいおい、せっかく気分良いんだから、ここで水差すのはなしにしようぜ」

「しかし……な」

「今日はパーッといこうぜ、考えるのは明日からでも問題なしだ」

なにか言いたげだったニーナだが、シャーニッドの言葉でそれを飲み込《こ》んだのがレイフォンにもわかった。

「まぁ、それもいいか」

「よし、じゃあ、かたっくるしい話はここまでってことで。祝勝会やろうぜ。店はいつものミュールの店な。予約はおれがしといてやるから六時に集合ってことで。んじゃ、解《かい》散《さん》」

「おい、勝手に決めるな」

さっさとシャワールームに向かっていくシャーニッドに、ニーナは呆《あき》れたため息を零《こぼ》した。

「仕方ない、解散だ」

そんなニーナに同情《どうじょう》の笑みを浮《う》かべていると、レイフォンは左の頬《ほお》に突《つ》き刺《さ》さるものを感じ、そちらを見た。

むっとした顔のフェリがいた。

†

世界は汚《お》染《せん》されつくした。

いつ？　なぜ？　どのようにして？

それら全てのことは人々の記《き》憶《おく》にはすでになく、記録は失われて久《ひさ》しい。

大地に充満《じゅうまん》する汚染物質《ぶっしつ》は尋常《じんじょう》なる生命活動を阻《そ》害《がい》し、死への道程《どうてい》へと誘《いざな》う。

大地は赤く乾《かわ》き、骸《むくろ》は砂風《すなかぜ》に飲み込まれ、生き残ったわずかな植物も毒素《どくそ》を含《ふく》んだ。

新たな世界は、奇怪《きかい》な生態系《せいたいけい》を持ち貪欲《どんよく》に生に執着《しゅうちゃく》する汚染獣《じゅう》を生み出す。

大地は、すでにして人類が生きるには不可能《ふかのう》な場所と化していた。


自律型移動都市《レギオス》。


新たなる人間の大地。

人類が生きることを許《ゆる》された唯一《ゆいいつ》の箱庭。

自然から排除《はいじょ》された人々が暮《く》らすことのできる、すでに失われた技術《ぎじゅつ》によって世界を放《ほう》浪《ろう》する人工の世界。

大地に点在《てんざい》する人工の世界の上で、人々は生まれ育ち死んでいき……

そして戦っている。

†

「三番っ！　ミィフィっ！　歌います！」

マイクを握《にぎ》り締《し》め、ミィフィのハイテンションな声がハウリングとともに店内に響《ひび》いた。

学園都市ツェルニには商店の集まる通りがいくつかある。中でも一番栄えているのは放浪バスの停留所《ていりゅうじょ》があり、放浪バスに乗ってやってくる都市の外の人間が泊《と》まる宿泊施設《しゅくはくしせつ》もあるサーナキー通りだ。

そのサーナキー通りにあるミュールの店にレイフォンたちがいた。

半地下の、カウンターとわずかばかりのテーブルしかない店では普段《ふだん》はアルコールが振《ふる》舞《ま》われるのだが、今夜ばかりはそれらの瓶《びん》のほとんどはカウンターの奥《おく》で留守番《るすばん》をさせられ、普段はつまみ程度の軽いものしか並《なら》ばないテーブルでは大皿にここぞとばかりの大量の料理が盛《も》り付けられていた。

「よくまぁ、酒も飲まずにあんなに元気でいられるもんだ」

カウンター席のシャーニッドが呆れた顔で麦酒《ビール》の入った瓶に口を付ける。

この店には客が歌うような機材はない。客は第十七小隊の隊員と、その友人たちばかりで、その中の誰《だれ》かが持ち込んだのだろう。

「あら、シャーニッドは歌わないの？」

「歌は勘弁《かんべん》。おれの歌は大衆《たいしゅう》に聞かせるもんじゃないんでね」

「あら、じゃあどんな時に？」

「誰かさんと二人っきりになった時」

「ふうん、その誰かさんは今夜は誰なわけ？」

「きついね」

カウンターの向こうに立つこの店の主人らしい女性《じょせい》とそんな会話をしているシャーニッドの横で、レイフォンは店中に満ちる熱気を追い払《はら》うようにジュースを飲んだ。

ミィフィの、音程はともかくとして気持ち良さそうな歌声が店に響き渡《わた》り、男たちが喝《かっ》采《さい》を上げている。シャーニッドのクラスメートなのだろう、男女入り混《ま》じった集団《しゅうだん》が曲データのカタログを見ながら談笑している。その中にはハーレイの姿《すがた》もあるから、彼のクラスメートも混じっているに違《ちが》いない。

そこから少し離《はな》れたところにもう一つの集団がある。

こちらは女生徒ばかりだ。まじめな印象のある女性ばかりで、どこかこの場の雰囲気《ふんいき》にそぐわないものがあるが、全員が全員楽しそうに話をしている。

集団の中にはメイシェンやナルキの姿もある。

中心にいるのはニーナだ。ニーナはナルキになにかを話しかけ、ナルキは少し困惑《こんわく》した様子でそれを聞いているようだった。

「なに話してるんだろ？」

ぼんやりとそんなことを思いながらも、そこに行こうとは思わない。

ついさっきまでそこにいて、ニーナの友人の女生徒たちに囲まれていたのだ。興味津々《きょうみしんしん》に色んなことを聞き出そうとする彼女たちから逃《に》げるようにしてここに移動《いどう》したばかりなのだ。いまさら、自分からあの場所に戻《もど》ろうとは思わない。

「盛況《せいきょう》だな」

扉《とびら》の開く音とともにミィフィの歌声に紛《まぎ》れて聞こえてきた声を、レイフォンは武芸者《ぶげいしゃ》ならではの聴覚《ちょうかく》で聴《き》き取り、入り口を見た。

「フォーメッドさん？」

「よう。調子はどうだ、エース」

フォーメッド・ガレン。都市《とし》警察強行警備課《けいさつきょうこうけいびか》の課長は厳《いか》つい顔に似合《にあ》わない笑みを浮《う》かべてやってきた。

「そういう呼《よ》び方はやめてくださいよ」

「なに、本当のことだろう。ツェルニでお前さんに勝てる奴《やつ》はいないんじゃないかって、もっぱら噂《うわさ》になってるぞ、本人はどう思う？」

当たり前のようにレイフォンの隣《となり》に腰《こし》を下ろすと、女主人に飲み物を頼《たの》みつつ、置かれていた料理に手を伸《の》ばした。

ちょっと前まで「アルセイフ君」と呼ばれていたのに、いまでは「お前さん」だ。

遠慮《えんりょ》のないフォーメッドの態度《たいど》にレイフォンは軽く首を振《ふ》った。

「そういうのはどうでもいいですよ。ただ強いだけじゃなにもできないって、散々に教えられましたから」

「ふん、他人のことは言えんが、お前さんは歳《とし》の割《わり》に達観しているみたいだな。痛《いた》い目にもあったことがあるようだ」

都市警察の課長であるフォーメッドは同時に養殖科《ようしょくか》の五年生でもある。入学の年齢制限《ねんれいせいげん》の底辺が数え歳で十六のツェルニで五年生ということは、最低でも二十歳《さい》ということになるし、それほど差はないのだろうが……本人には悪いが三十と言われてもまったく違和感《いわかん》がない。

レイフォンは、フォーメッドの中身を覗《のぞ》き込むような視線《しせん》をあいまいな笑みで流すと、用件《ようけん》を聞いた。

「で、今日はなにか急ぎの用事ですか？　ナッ……ナルキならあそこにいますけど」

愛称《あいしょう》を言いそうになって、言い直し、レイフォンはニーナの横で困《こま》り果てた顔をしたナルキを示《しめ》した。

「やれやれ、世話になった人物の祝い事に駆《か》けつけたとは思われんのが、寂《さび》しいところだな」

そうは言ってみてもフォーメッドの表情《ひょうじょう》には不快《ふかい》な様子は一切なく、逆《ぎゃく》に楽しそうに笑っている。

以前、都市警察で働くナルキに頼まれて、レイフォンは臨時《りんじ》出動員というものに登録した。これは、都市警察に所属《しょぞく》する武芸者だけでは対応《たいおう》しきれない可能性《かのうせい》のある事件《じけん》の際《さい》に増援《ぞうえん》として派遣《はけん》される武芸者たちのことで、いわば武芸者だけができる臨時就労《バイト》のようなものだ。

もちろん、危険《きけん》はあるので気軽にこなせる類《たぐい》のものではない。レイフォンが頼まれた事件では歴戦の武芸者が向こうにいて、都市警察はあやうく犯人《はんにん》を逃《の》がすところだった。

「まぁ、お前さんにお出向き願うような事件はそうそうないんだがな。……まぁ、もしかしたら頼むかもしれんことが一つある」

「はぁ……」

はっきりとしない物言いに、レイフォンは生返事をするしかない。

「それほど急を要することではないんだがな……」

ちらりと、フォーメッドの視線がレイフォンの飲み物に注がれた。

「酒じゃないですよ？」

「そのようだ。俺《おれ》が言うのは立場的に問題があるんだろうが、こういう時ぐらいは酒を飲んだって問題ないと思うぞ」

「あまり、そういう気にはなれないんですよね」

「ま、堅苦《かたくる》しくない程度《ていど》にまじめなのはいいことだ。……お前さんとこの大将《たいしょう》はまじめが過《す》ぎるようにも見えるがな」

フォーメッドの視線がニーナに向き、レイフォンもそちらを見た。

ニーナ・アントーク。

多くの小隊長が四年生以上の中で三年生にして小隊を設立《せつりつ》した武芸者。短くした金髪《きんぱつ》は薄暗《うすぐら》い照明に色を変え、引き締《し》まった顔の線が秀麗《しゅうれい》さを誇示《こじ》している。

「いい人ですよ」

ニーナの切れ長の瞳《ひとみ》を眺《なが》めながら、レイフォンは言った。

「前回の武芸大会は、たしかにあまりに惨《みじ》めな負け方だったからな。お前さんとこの大将のような人間が出てくれるのはツェルニ《うち》にとってはいいことだろう」

フォーメッドもそう言って頷《うなず》く。

前の大会を目にした先輩《せんぱい》に視線を戻し、レイフォンは前から気になっていた質問《しつもん》を投げかけた。

「前の大会はそれほどひどかったんですか？」

自律型移動都市《レギオス》は、その機関を動かすためにセルニウムという鉱石《こうせき》を必要とする。

セルニウム。汚染物質《おせんぶっしつ》が世界に蔓延《まんえん》してから姿《すがた》を現《あらわ》したとされる鉱石だ。純度《じゅんど》の低いものであれば都市の外にある大地を掘《ほ》り返せばいくらでも出てくるが、都市を動かすだけの量と純度を維持《いじ》しようとすれば、セルニウムを大量に埋蔵《まいぞう》した鉱山が必要になってくる。

自律型移動都市の移動範囲《いどうはんい》はセルニウムの鉱山を中心にしたものだと言われている。世界地図を失った現在《げんざい》、それが正しいのかどうかを調べる手段《しゅだん》はないが、一年に一度は鉱山に立ち寄《よ》り補給《ほきゅう》を求めるので、それほど間違《まちが》った考え方ではないだろう。

もちろん、鉱山に埋蔵されたセルニウムにもいずれは底を突《つ》く時が来る。どれほど多くの鉱山を有しているか……それが都市の寿命《じゅみょう》を示《しめ》しているとも言えた。

そしてその鉱山を求めて、都市は二年に一度の周期で争う。

争うといっても、実際《じっさい》に戦うのは都市に住む人間だ。

人はそれを戦争と呼《よ》ぶ。

都市の生死は、その上に住む人々の生死にも関わる。必死になるのは当たり前の話だ。

「ああ、あれは、ひどかったな」

思い出したのか、フォーメッドが渋面《じゅうめん》を浮《う》かべた。

都市の奇妙《きみょう》なところは、自らと似《に》た性質《せいしつ》をもつ都市としか争おうとしないところだ。

例えば、学園都市であるツェルニならば、同じ教育機関を主体とした都市としか争おうとしない。

他の都市では血で血を洗《あら》うことになる戦争だが、教育を主体とする学園都市となるとそういうわけにはいかないと、学園都市連盟《れんめい》はこの二年に一度の都市同士の争いにルールを定め、武芸《ぶげい》大会と称《しょう》することにした。

戦争を、他人を傷《きず》つけることのないスポーツへと昇華《しょうか》させようとする試みだが、学園都市においては成功を収《おさ》めている。

「専門家《せんもんか》ではない俺に、なにがどうだめだったかを説明しろと言われると困《こま》るんだが……とにかく手が出なかった。やることなすこと全《すべ》て先読みされて防《ふせ》がれて、その逆、こちらの隙《すき》は好き放題に突かれた、そんな感じだったな」

「優秀《ゆうしゅう》な念威《ねんい》繰者《そうしゃ》でもいたんでしょうか？」

念威繰者……武芸者の持つ特殊《とくしゅ》な才能《さいのう》である剄《けい》だが、それがさらに変化したものが念威だ。念威繰者はその念威と特異《とくい》な思考能力で無数の情報《じょうほう》を集積、解析《かいせき》することができる。

「さてね、向こうの陣容《じんよう》までは俺にはわからんよ」

そこまで言って、フォーメッドは店内をぐるりと見回した。

「そういえば、お前さんとこの念威繰者がいないようだが？　あの、会長の妹」

「あの人は、こういうところが嫌《きら》いなんですよ」

レイフォンはそう言うしかなく、フォーメッドが「なるほどな」と呟《つぶや》くのを黙《だま》って見つめた。

念威の天才であるフェリなのだが、彼女は自分の才能を嫌っている。

それなのに小隊にいるのは兄である会長が強引に押《お》し切ったからで、フェリはその実力を試合では発揮《はっき》しようとはしない。

それに対してレイフォンがなにか言えることはない。

生まれ故郷《こきょう》であるグレンダンで、選ばれた十二人にしか与《あた》えられない天剣授受者《てんけんじゅじゅしゃ》という地位にもなったことのあるレイフォンは、対抗戦《たいこう》では本気を出したことがない。出す必要がないからでも、出せば誰一人としてレイフォンに勝てる武芸者がいないだろうからでもない。

元々はレイフォンも、武芸を捨《す》てるつもりでツェルニに来た。

それなのに、こうしてツェルニの武芸者の中でもトップクラスにいることを示《しめ》す小隊に所属《しょぞく》して、次の武芸大会に向けての対抗戦に精《せい》を出している。

おかしなことになっているなと思わないでもない。

「グレンダンの武芸者ってのは、みんなお前さんらぐらいの才能を要求されるものなのかね？」

　不意に、フォーメッドがそう尋《たず》ねてきた。

「……いえ、そういうわけでもないですけど。どうかしましたか？」

「いや、な。グレンダンからの生徒ってのはお前さんの他には今日対戦した第五小隊の隊長ぐらいなんだが、その二人ともが小隊員だ。こう言っちゃなんだが、都市の外に出られる武芸者なんてたかが知れてるっていうのが、偏見《へんけん》かもしれないが俺の感想だ。その感想からしたら、『たかが知れてる』レベルでこんなのなんだから、本場のグレンダンってのは化け物ぞろいなんだろうなと思ってな」

「はぁ……」

　あいまいに頷《うなず》きながら、レイフォンは気になったことを訊《たず》ねた。

「ゴルネオ・ルッケンスはグレンダンの出身ですか？」

「ああ、そのようだ。なんだ？　知り合いだったか？」

「いえ、直接《ちょくせつ》は知りませんけど、ルッケンスという家名には覚えがあります」

「ほう。それならいいとこの子なのだろうな」

　フォーメッドの言い様にレイフォンは微笑《びしょう》した。

「あの人がどうしてここにいるのかは知りませんけど、僕《ぼく》やあの人にだって自分の実力にそれなりに自信を持ってますし、ツェルニに来られる歳《とし》になるまでに何度も試合をこなしています。化け物ももちろんいますけどね」

その化け物の一人が自分だったとはさすがに言えない。

「それを聞いて安心した」

冗談《じょうだん》めかした笑いだったが、瞳《ひとみ》の奥《おく》でなにかがキラリと光ったような気がした。なにかを悟《さと》られたのかもしれないと思ったが、何も悟られていないのかもしれない。一般《いっぱん》学生でありながら、同時に学園都市で起こる様々な事件《じけん》を処理《しょり》してきた男の目は、目の前の人物の言葉や表情《ひょうじょう》から零《こぼ》れる様々なものの影を見逃《みのが》す様子がなく、逆《ぎゃく》に何かを引き出す仕掛《しか》けまで施《ほどこ》されているようで気が抜《ぬ》けない。

「あ、課長」

その声でフォーメッドの視線《しせん》がレイフォンからそれた。

ナルキがメイシェンを連れて、そこに立っていた。

「おう」

「なにか事件ですか？」

勢《いきお》い込《こ》んで聞いてくるナルキにフォーメッドは嘆《なげ》いた。

「やれやれ、俺はどれだけ仕事一辺倒《いっぺんとう》な人間なんだ？　これでも一応《いちおう》は学生なんだがな」

「課長がそれを言っても説得力《せっとくりょく》はありませんよ」

事件ではないとわかって、ナルキは肩透《かたす》かしを食らった顔で不平を零した。

「仕事馬鹿《ばか》なのはお前の方だな」

「まだまだ課長には負けますから。勝ちますけどね、そのうち」

「やめとけ、貴重《きちょう》な学生生活を無駄《むだ》にするぞ」

「どう楽しむかはあたしの自由ですよ」

言い合う上司と部下の連携《れんけい》は絶妙《ぜつみょう》で、レイフォンはメイシェンと視線を交わして笑いあった。

「……もう帰るね」

「そうなんだ。送ろうか？」

「ううん、ナッキがいるから」

「そっか。……たしかに、大丈夫《だいじょうぶ》だね」

「うん」

ナルキはレイフォンと同じ武芸《ぶげい》科の人間で、しかも都市警察《けいさつ》に所属している。彼女とならどんな男性陣《だんせいじん》とよりも夜道を安心して歩けるだろう。

メイシェンの隣《となり》にミィフィがいない。店の奥を見ると、まだ歌の本を読み漁《あさ》っていた。

「……ミィは、歌いだすと止まらないから」

「じゃあ、ミィは僕が送るよ」

困《こま》った顔のメイシェンにそう言ったところで、掛《か》け合いを終わらせたナルキがこちらに話を振《ふ》ってきた。

「あたしたちは帰る。レイとん、明日は頼《たの》むぞ」

「ああ、うん。でも、本当にいいのかい？　なんなら日を変えるけど？」

「気にするな。邪魔《じゃま》するタイミングは心得ているから」

「ナッキ！」

メイシェンが悲鳴をあげ、快活《かいかつ》に笑うナルキを引っ張《ぱ》るようにしながら店を出て行った。

「明日はなにかあるのか？」

「遊びに行く約束をしてるんですよ」

「ほう」

「本当は三人で行くはずだったんですけど、ナルキたちは用があるとかで。日をずらしてもよかったんですけど、結局このままでいくことになって」

「行くのは、ナルキの隣にいたあの子か？」

「そうです。日ごろ弁当《べんとう》とか作ってくれるんでお礼のつもりで」

「……なんというか。俺は仕事で貴重な学生生活を無駄にしているが、お前さんは別の意味で無駄にしていそうだな」

「……は？」

フォーメッドはゆっくりと首を振《ふ》るだけで何も教えてくれなかった。

†

重晶錬金鋼《バーライトダイト》を握《にぎ》り締《し》める。

人気がないところなんて限《かぎ》られている。

（芸がないことです）

ついこの間……汚染獣《おせんじゆう》の老性体《ろうせい》との戦いが起こるまで、ニーナがここで倒《たお》れるまで訓練していたと聞いた。

きっと、誰《だれ》にも見られたくなかったのだろう。

それはいまのフェリも同じだった。

誰にも会いたくない。

都市の外縁部《がいえん》に立ち、フェリはじっとエアフィルターの向こう側に目を向けた。

今日は風がない。

荒《あ》れ狂《くる》う砂嵐《すなあらし》はなく、エアフィルターでぼやけてはいるものの、澄《す》み切った夜の姿《すがた》が向こう側にはあった。

その闇《やみ》の奥《おく》を見通すことのできない視覚《しかく》の不自由さを、フェリは十分に理解《りかい》している。世界はもっと鮮烈《せんれつ》なのだ。

フェリは知っている。エアフィルターの闇の向こうで、無数の星が夜天に浮《う》かぶ都市の照明よりも美しく瞬《またた》いていることを。月の蒼白《そうはく》な光が、汚染された大地を透徹《とうてつ》とした視線で見下ろしていることを。

フェリは知っている。この大地には、汚染獣以外にも生命体がいることを。動物や昆虫《こんちゅう》と呼《よ》ぶのもおこがましい微《び》生物《せいぶつ》だけれども、その哀《あわ》れなほどに小さな生き物たちが大地の奥深くで汚染物質《ぶっしつ》に負けずに生きていることを、生命の雄大《ゆうだい》さをフェリは知っている。

知っている。その現実《げんじつ》とも幻《まぼろし》ともつかない月光の下で、汚染獣が空に向かって咆哮《ほうこう》をあげていることを。それはまるで、孤独《こどく》な覇者《はしゃ》のような物悲しさを帯びていることを。

誰よりも誰よりも、フェリは世界を感じることができる。

「ああ……」

風の音もない静かな空気を、フェリの吐息《といき》が揺《ゆ》らした。

枷《かせ》を外す。

光が溢《あふ》れる。

その光はフェリの長い銀髪《ぎんぱつ》の上を滑《すべ》り、全体を淡《あわ》く染《そ》めていく。

髪が光を放っていた。

その光は、周囲の闇を柔《やわ》らかく押しのけ、フェリを包み込む。

念威《ねんい》だ。

膨大《ぼうだい》な量の念威が、髪を導体《どうたい》としてフェリの体から外部に流れる。その際《さい》に光が発せられてしまう。

フェリは、天才的な念威の持ち主だった。

何の訓練を受けることもなく、生まれた時から髪を光らせるほどの念威を放射《ほうしゃ》していた。

普通《ふつう》の念威繰者《そうしゃ》では、フェリの長い髪を全て光らせることなどできない。それはたとえ熟練《じゅくれん》した念威繰者でも変わらない。念威の瞬間《しゅんかん》的な発生量は、訓練ではそれほど上昇《じょうしょう》しないことはすでに実証《じっしょう》されている。

手に持った重晶錬金鋼《バーライトダイト》に、念威が流れ込む。

起動鍵語《けんご》を口にすることもなく、基礎状態《きそじょうたい》にあった錬金鋼《ダイト》が復元《ふくげん》、展開《てんかい》する。

半透明《はんとうめい》の、鱗《うろこ》を寄《よ》せ集めてできたような杖《つえ》がフェリの手に握られた。

その杖が、さらに分解される。

鱗の一つ一つが周囲に飛び散り、フェリの手にはなにも残らない。

念威端子《たんし》……念威を通してフェリと繋《つな》がった鱗の一つ一つはフェリのもう一つの目であり口であり耳である。

念威繰者だけが持つ特別な感覚器官。念威を周囲に放射するだけでもそれを感じることはできるのだが、念威端子を通すことで範囲《はんい》の拡大《かくだい》が可能《かのう》となった。

周囲で飛び回る念威端子を、フェリはエアフィルターの向こう側に解《と》き放った。

そうして、世界を感じる。

汚染物質《おせんぶっしつ》の焼け付く感覚は選択排除《せんたくはいじょ》し、この世界に、人間が大地に生きていられた時代を感じる。

吹《ふ》き荒れないまでも、強く吹きすぎていく風に冷たさを感じ、夜の静謐《せいひつ》さがもたらす寂《さび》しさを感じる。

青白く染め抜《ぬ》かれた夜の世界に幽明《ゆうめい》の狭間《はざま》を感じ、ばら撒《ま》かれた星の宝石に点描《てんびょう》の絵画を想像する。

こんなにも都市の外を感じることができるのは、念威繰者の特権《とっけん》だと思う。他の人々は汚染物質遮断《しゃだん》スーツを着なくては都市の外を歩くなんて真似《まね》はできない。生身のままで外に出れば五分で肺《はい》が腐《くさ》り、そうでなくても外気に触《ふ》れた皮膚《ひふ》に無数の火傷《やけど》のような火膨《ひぶく》れができる。

世界を感じるなんてできない。世界は人を拒否《きよひ》しているのだから。

そんな世界に飛び出して、戦っている人がいる。

「わかりません」

意識《いしき》を都市の外に放置したまま、フェリは呟《つぶや》いた。本来の聴覚《ちょうかく》がその言葉を受け止める。

先天感覚と後天感覚——念威での感覚をこう呼ぶ——の同時知覚は、奇妙《きみょう》なズレを感じさせる。気持ち悪さとでも言えばいいだろうか。

その気持ち悪さと似《に》たようなものを、彼を見ていると感じてしまう。

レイフォン・アルセイフ。

剄《けい》の才能《さいのう》に恵《めぐ》まれながら、その才能を使うことを嫌《いや》がっていた……そう感じていた。彼にはフェリとはまた違《ちが》う過去《かこ》があり、そのために武芸《ぶげい》を捨《す》てようとしていた。

レイフォンの過去はフェリのものとは違う、もっと切迫《せっぱく》したものであったし、フェリよりも痛《いた》めつけられていた。

念威繰者となることを生まれた時から決められていたフェリとは違う。

いや、その才能のために武芸者となることが決められていたかのように歩んだのは同じなのかもしれない。

レイフォンは生きるための手段《しゅだん》として才能を活かす道を選び、フェリは周囲がそうなることを求めた。

その先で二人ともがその道を歩む途中《とちゅう》でつまずいた。

つまずき方も違う。レイフォンはつまずかされたのだし、フェリは自分からつまずいた。

（わたしは、間違っているのでしょうか？）

言葉を収《おさ》め、ただ思う。

（いえ……）

レイフォンは、ツェルニに来て武芸以外の道を求めた。その道を阻《はば》んでいるのはツェルニの状況《じょうきょう》で、レイフォンのことを知っていた兄のカリアンだ。

最初は嫌《いや》がっていた。小隊で戦うことを嫌がっていたはずなのに……

いまはそうでもなさそうだ。

積極的に戦っているようには見えないけれど、だからといって極端《きょくたん》に手を抜いているようにも見えない。

（もやもやとします）

レイフォンは、武芸以外の道を探《さが》すのを諦《あきら》めたわけではないと言う。それでも、自分の力でどうにかなることを無視《むし》することはできないと言う。

とても、前向きな言葉だと思う。

（とてつもなくお人よしですけど）

おそらく、レイフォンの選んだ道が正しいのだ。

（それでも……）

それでも……

すっきりとしないものが体の中にたまっている気がして、フェリは頭を振《ふ》ると念威端子《ねんい》を呼《よ》び戻《もど》した。すっきりしたくてここに来たのに、こんなに考え事をしていたらなんにもならない……

そう思っていると。

「？」

念威端子がなにかをとらえた。

それは闇《やみ》の中に張《は》り付くようにしてそこにあった。

山の稜線《りょうせん》に紛《まぎ》れるようにしてあったから、危《あや》うく見失うところだった。光反射《はんしゃ》知覚だけを機能《きのう》させていたからわからなかった。

さらに熱、音波、電磁波《でんじは》知覚も起動させてその存在《そんざい》を走査《そうさ》する。

念威端子をさらに近づける。そう遠い距離《きょり》ではない。都市の移動《いどう》速度で二日といったところか。

もちろん、端子をそこまで移動させていれば夜が明けてしまう。適度《てきど》なところからの望遠走査を実行し、その物体を調べる。

意識《いしき》下の複数《ふくすう》の視界の中に浮《う》かんだデータを見て、フェリは息を呑《の》んだ。

「これは……」

02　休日の後で

朝のすがすがしい空気を、リーリンは徹夜明《てつやあ》けのような気分で感じていた。

なにかがあった日の翌朝《よくあさ》というのは、いつもおかしな感じだ。

どんなことがあっても一日というのは当たり前に過《す》ぎていく。それはそうなのだ。時間は無慈悲《むじひ》なまでに平等な存在《そんざい》なのだから、リーリンがどんなに驚《おどろ》いたところで時間を逆戻《ぎやくもど》ししてくれるはずがない。

学校の近くまで来れば、同じ学校の生徒たちが朝の挨拶《あいさつ》を交わしているのが聞こえてくる。リーリンもそれに加わりながら、校門まで続く並木《なみき》道《みち》を歩いていく。

「ふう……」

朝からため息ばかりが出る。

原因《げいいん》がなにかはわかっている。

「……背筋《せすじ》が曲がってるぞ～」

いきなり、背後《はいご》から両脇《りようわき》にぐわっとなにかが侵入《しんにゆう》し、胸《むね》をわしづかみにされた。

「うひゃぁぁぁぁぁっ!!」

両脇から生えたもの……手はそのまま胸をもにもにと揉《も》みしだく。いきなりのことにびっくりしてリーリンは鞄《かばん》を落とし、しばらくそのままされるがままになってしまった。

なにが起こったのかわかって冷静になってきたところに、声が届《とど》く。

「うーん、あいかわらずリーリンの胸は揉み応《ごた》えがある」

「……感慨《かんがい》深く言わないでください」

怒《いか》りに震《ふる》えてその場に立ち止まっていると、視界の横にひょっこりと顔が現《あらわ》れた。

「いや〜これしないとねぇ、新しい一日が来たって気にならないのよ」

「そんな習慣《しゅうかん》は即刻排除《そっこくはいじょ》してください」

きっと睨《にら》み付けると、長い黒髪《くろかみ》が視界の一面を覆《おお》う。黒髪の中央では秀麗《しゅうれい》な顔がおもいっきり崩《くず》れて「きしし」と笑っていた。

「だって、リーちゃんの胸ってもうすごいのよ」

「そんなことはないですから」

やっと離《はな》れてくれて、リーリンはほっとした。

シノーラ・アレイスラ。上級学校と同じ敷地《しきち》内にある高等研究院という所に通っている。

周囲の視線《しせん》がこちらに集まっているのをリーリンは感じた。

細くて長い手足とそれに見合った体形……ひっこむところはひっこんで出るところはき

っちりと出ていて、しかも高等研究院には制服《せいふく》がなく、シノーラの私服はその体形をいかんなく見せ付けるような服装《ふくそう》なものだから、目だって仕方がない。

「いやいや、残念なことにあの感触《かんしょく》のよさは持ち主には味わえないものなのよね。なにしろ、自分の体なわけだから。しかも誰《だれ》にとっても最高というわけではないのよ。わたしの手にジャストフィットするところが大事なのよね。あの、大きすぎず小さすぎず、手の中にぴたっと収《おさ》まっているようでちょっとだけ余《あま》る感じ。しかもフニフニとしたあの感触はそこらのデザートでは絶対《ぜったい》に味わえない。いや〜……」

感慨深そうに……いやさおっさん臭《くさ》く、シノーラが首を振《ふ》る。

「……やめてください」

「あんた最高」

美人が早朝からこんなことを語っているというだけでげんなりとする。しかも指を胸の前でワキワキと動かしながら語ってるし。

「……で、リーちゃんはなにかあったわけ?」

「え?」

手をズボンのポケットにひっかけて、シノーラが素《す》の表情《ひょうじょう》に戻《もど》って聞いてきた。元が美形なのだから、普通《ふつう》にされるとドキッとする。

「だって、背中曲げてため息なんか吐《つ》いてたら、なんかありましたって言ってるようなもんだよ」

「あ……」

自分ではしっかりといつもどおりに——少なくとも外見は——していたつもりなのだけど、そうではなかったようだ。

「すいません」

「ん〜、わたしに謝《あやま》ってどうにかなることではないんじゃない？」

「それは、まぁ……」

「まっ、言いたくないならいいけどね」

人の間合いに深く入り込《こ》んでくるかと思うと、すっと遠ざかっていく。触《ふ》れて欲《ほ》しい場所とそうでない場所をさっと見極めているかのようなシノーラの態度《たいど》は、こういう時はありがたく感じ、同時にちょっと物足りないような気もする。

（はっ、もしかしたらこの感じでわたしから話を聞きだそうとしてる？）

そう思ってシノーラを再《ふたた》び見る。なにしろ彼女は美人な癖《くせ》に女の子の胸《むね》が大好きな変人なのだ。

なんだかニヤニヤと笑っているし……

（むむ……）

もしや、本当にそうだった？

「いやぁ、しかし、ケーキもいいけどたまにはフルーツも食べたいよね」

「はっ？」

「いやね、リーちゃんの胸はフニフニしてて柔《やわ》らかくて、でもただ柔らかいわけじゃなくて弾力《だんりょく》もあったりして最高なのよ、例えるならばケーキ」

「……それはどうも」

「でね、最高のケーキはいつ食べても最高なんだろうけど、その最高さをありがたく感じるにはそれだけをずっと味わってちゃだめじゃない？　だから、時には歯ごたえたっぷりの、実が詰《つ》まっててジューシーなフルーツも食べたいなぁって」

そんなことを言いながら、またもシノーラの手がワキワキと動く。

「こう、ね。下から持つとずっしりと重みが伝わってきて、しかも揉《も》もうとすると硬《かた》めの抵抗《ていこう》があったりするの、寝転《ねころ》がっても形が崩《くず》れたりしなくてね……そういう、手ごたえたっぷりなのをいま探《さが》してるのよね」

「何の話してるんですか？」

「あ、リーちゃんの胸もたまにそれに近くはなるんだけどね、でも、そういう時は痛《いた》いでしょ？　うん、嫌《いや》なことしちゃだめよね」

「何の話してるんですか!?」

真っ赤な顔をして怒鳴《どな》っても、シノーラはまったく堪《こた》えてない。

「わたしの野望について語ってるの」

逆《ぎゃく》に胸を張《は》られた。

「あなたの野望はそこにあるのでは……？」

ずんと迫力《はくりょく》ある胸が目の前で強調されて、リーリンはうんざりと呟《つぶや》いた。

（ああ……グレンダンは平和だなぁ）

そう感じる。

どの都市よりも多くの汚染獣《おせんじゅう》と戦い続けているのが、槍殻《そうかく》都市グレンダンだ。多い時で年に五、六回はある緊急《きんきゅう》の警報《けいほう》。その音が都市に響《ひび》き渡《わた》れば、グレンダンの住民はまるでちょっとしたお出かけをするみたいにシェルターに移動《いどう》していく。決められた道筋《みちすじ》に従《したが》って、きちんと順番を守って、誰も我先《われさき》になんて急いだりしない。

そんなことをする必要はない。

天剣授受者《てんけんじゅじゅしゃ》がいるから、そして、彼らを統《す》べる女王がいるから。

アルシェーラ・アルモニス。

グレンダンはおそらく、世界中にあるどんな都市よりもたくさんの危険《きけん》に見舞《みま》われている。

だけれど同時に、世界中のどんな都市よりも安全な都市だと住民たちは思っている。

女王と十二人の天剣授受者がいれば、汚染獣の脅威《きょうい》は恐《おそ》るべきものではない。

汚染獣でもっとも恐ろしいといわれている老性体《ろうせい》とも何度も戦った。それはグレンダンの歴史の上ではない。

リーリンが生まれてからの十五年で、何度も戦っている。

その数は、本来汚染獣を回避《かいひ》して移動する自律型移動都市《レギオス》としてはあまりに異常《いじょう》な数だ。

たとえ、グレンダンの移動半径内に汚染獣が多数生息しているとしても、それならグレンダンがその移動半径そのものから退避《たいひ》する行動を取らなければおかしい。

他の都市から訪《おとず》れる人々には、この都市が〝狂《くる》っている〟と言う者もいるという。

その通りなのかもしれないと、リーリンも思わないでもない。レイフォンからの手紙を読んで、ツェルニにはレイフォンがやってくるまでの長い間、汚染獣と戦った経験《けいけん》がなかったなんて事実を知るとなおさらにそう思えてくる。

それでも、グレンダンには天剣授受者がいる。

武芸者《ぶげい》の中の武芸者たちによって、守られている。

レイフォンは、その天剣授受者だった。

シノーラと校門で別れ、リーリンは自分の教室へと向かう。

クラスメートたちと朝の挨拶《あいさつ》を交わし、自分の机《つくえ》につくとリーリンは再び物思いに浸《ひた》ってしまう。

昨日のことを考えてしまう。

「悪いけど、君の身をしばらく守らせてもらう」

夕暮《ゆうぐ》れの学校の屋上で、サヴァリスはいきなりそんなことを言った。

「あの……」

「質問《しつもん》は受け付けん」

リーリンがなにか言うよりも早く、リンテンスの冷たい声が遮《さえぎ》る。

「うん、本当に君には悪いんだけど、その通りなんだ」

サヴァリスは特に悪いと思っている様子もなく、そんなことを言う。

「でも、レイフォンが……」

再《ふたた》び言いかけ、リンテンスの一睨《にら》みで黙《だま》らされてしまった。

グレンダンで天剣授受者に逆《さか》らうことはできない。

それは明文化された法というわけではないが、誰に守ってもらっているかを考えれば、逆らうことなんてできるわけがない。

「別に君の普段《ふだん》の生活に支障《ししよう》をきたすようなことは起きないとは思う。……事が起こるまでは、だけどね。で、君に気をつけてもらうことは、なるべく一人の時間を作ること。できれば友達の誘《さそ》いなんかはしばらくは断《ことわ》ってもらう方がいいね。怪《あや》しまれたら、なにか適《てき》当《とう》な理由を作ってくれると嬉《うれ》しい」

「あの……わたし、狙《ねら》われてるんですか？」

「質問はなしって言ってるんだけどね……まぁいいか」

苦笑交じりにサヴァリスが頷《うなず》いた。

「そう、君は狙われている。なぜか、とか、誰に、とかはできれば聞かないで欲《ほ》しいな。君も理由とかそういうのを知りたいのだろうけど、わかって欲しい」

「……レイフォンに関係あるんですか？」

休憩《きゆうけい》室で、サヴァリスは確《たし》かにそう言った。

気になるのはただその一点だ。

質問はなしだ。リンテンスにそう言われた。グレンダンの住民ならその言葉に素直《すなお》に従《したが》うだろう。天剣授受者に従えば悪いことにはならない。誰だってそう思う。

リーリンだってそう思ってる。

ただ、レイフォンに関わることだっていうのがどうしても気になるのだ。

それだけは、ただ黙《だま》って従えと言われてもそうできない。

リンテンスの視線《しせん》がいっそう強くなった。押《お》しつぶされそうな威圧感《いあっかん》にリーリンは動けなくなる。

「はぁ……言ったのは僕《ぼく》だからね」

サヴァリスのため息で視線が外れた。その瞬間《しゅんかん》、リーリンはその場に座《すわ》り込んでしまった。体が震《ふる》えている。腰《こし》が抜《ぬ》けてしまったみたいに、足に力が入らなかった。

身代わりのようにリンテンスの殺人的な視線を受けているサヴァリスだが、こちらは飄々《ひょうひょう》とした様子で頭を掻《か》いていた。

「じゃあ、これだけは教えてあげる。レイフォンに関係することだよ。だからこそ君に災《さい》難《なん》が降《ふ》りかかろうとしている。これ以上は、いまは教えられない」

仕方ないなぁという様子のサヴァリスを見て、リーリンは震える体を抱《だ》きながら思った。

（……これが、レイフォンの住んでた世界なんだ）

と。

そしてこれが、グレンダンにあるもう一つの世界なんだと。

店内に歓声《かんせい》が響《ひび》く中、ウェイトレスがレイフォンの前にパスタの皿を置いた。

皿を置いておざなりな営業《えいぎょう》スマイルを浮《う》かべて「ごゆっくり」と声をかけた後、ウェイトレスは足早にモニターの前に向かう。

その背《せ》をなんとなく追いかけて首をひねらせる。モニターの中では野戦グラウンドで行われている対抗《たいこう》試合の模様《もよう》が映《うつ》し出されていた。

「……いいんですか？」

「え？」

視線をすぐに戻《もど》すと、レイフォンの正面で縮《ちぢ》こまったメイシェンが上目づかいでこちらを見ていた。

メイシェンの前にもパスタが置かれている。

たっぷりのスープの中にパスタが浮かんでいる。

ゆらりと眼前《がんぜん》で揺《ゆ》れる香《かお》りにメイシェンの鼻がひくりと反応《はんのう》していた。

「対抗試合、観《み》に行かなくて」

「ああ、それなら隊長が観に行っているはずだよ」

生真面目《きまじめ》なニーナは録画機を持って行っているはずだ。次の訓練時間にはそれを見せられるだろう。

「だから大丈夫《だいじょうぶ》。気にしなくてもいいよ」

「そうなんだ」

それを聞いて、メイシェンはやっと安心したようだ。

美味《おい》しいパスタがあると、この店は連日食事時には人でいっぱいになるそうなのだが、今日ばかりは昼食時だというのにテーブルには空きがたくさんあった。

少ない客もモニターの近くにあるテーブルに集まっているので、奥《おく》まった場所を選んだレイフォンたちの周りには他に客の姿《すがた》がない。

みんな、対抗試合を観に行っているのだ。

野戦グラウンドの観客席からあふれた人たちは野外に設置《せっち》された巨大《きょだい》モニターの前に集まっていて、あってせいぜい小型のモニターくらいしかない飲食店には客は少ない。

「おかげで待たずに食べられたんだから、ラッキーってことで」

ダメ押しのようにそう結論《けつろん》付けると、レイフォンは自分の前に置かれたミートソースの乗ったパスタにフォークを突《つ》き刺《さ》した。

「う、うん……」

　それでも、メイシェンはぎこちない様子で頷《うなず》いて、とろとろとした仕草でフォークを掴《つか》んだ。

（ま、仕方ないんだろうな）

　ぎこちない動きを見せるメイシェンに、レイフォンはそう思う。

　今日はナルキもミィフィもいない。

　普段《ふだん》からお昼をご馳走《ちそう》になっているメイシェンになにかお返ししなくてはと考えていたレイフォンに、ナルキとミィフィがお膳立《ぜんだ》てしたのだ。

「この日なら絶対《ぜったい》に並《なら》ばないですむっ！」

　前日にミィフィが力説したとおりになっているのだけど、なんだか逆《ぎゃく》に店内の客がざわついていて、メイシェンが落ち着かない様子だ。

　あの二人がいたらまだマシだったのだろうけど。

（なんで来なかったんだろ？）

　用があるとかなんとか言っていたのだけれど、ナルキはともかくとしてミィフィのあの、なにかを含《ふく》んだ邪悪《じゃあく》な笑みはそれだけではなかったような気がする。

　機関掃除《アルバイト》の給料が出たので、三人ともに奢《おご》ろうと思っていたのだが。

　本来、学費を払《はら》うために始めた機関掃除なのだが、武芸《ぶげい》科に転科させられた際《さい》に生徒会長のカリアンが学費全額免除《ぜんがくめんじょ》にしてくれたので、お金には余裕《よゆう》がある。

三人分のパスタを奢るぐらいはなんでもないのだけれど……

「はう……うう……」

フォークにパスタを巻《ま》きつけるのに失敗して唸《うな》っているメイシェンを見ると、延期《えんき》してでも三人そろった時にした方がよかったんじゃないかと思ってしまう。

「ごめんね……」

「へ、ええ？」

がばっと顔を上げて、メイシェンが驚《おどろ》いた顔でレイフォンを見る。そのせいで、せっかく巻きつけたパスタがまたもほどけて皿に落ちてしまった。

「いや、三人そろった時にすればよかったかなって……」

「そそそ、そんなことはないよ」

「そうかな？」

「う、うん。そう。これで、よかったです」

真っ赤になってフォークをパスタの中に突《つ》っ込《こ》んだメイシェンを見て、レイフォンはそうなのかなと思ったが、同じことをもう一度言うのも気が引けて、自分のパスタを片付《かたづ》け始める。

しばらくは落ち着いていた店内に再《ふたた》び歓声《かんせい》が沸《わ》く。

ようやく落ち着きを取り戻《もど》していたメイシェンがそっちを見て、レイフォンもモニターに目を向けた。

「……どうなったんですか？」

「ごめん、見えない」

モニターの前には店内に残っていた客と店員たちがたむろしていて見えない。内力系活剄《けいかつけい》で聴力《ちようりよく》を強化すれば音を聴《き》き分けることもできるだろうが、そこまでする気も起きなかった。

「……あまり、気になってないですよね」

「え？」

「対抗戦《たいこう》でどこが勝ったとか、そういうの」

「うん、まぁね」

「やっぱり、いまでも興味《きようみ》ないんですか？」

「うーん、そういうわけでもないんだけど」

「レイとんは強いから、相手のことを気にしなくてもいいんですか？」

「そういうことでもないんだ。ただ、ね……」

「あ、ごめんなさい……」

質問《しつもん》がつっこみすぎたと思ったのか、メイシェンがまた顔を赤くして俯《うつむ》いてしまった。

「あ、違《ちが》うよ。そういうんじゃなくて。うーん……なんていえばいいのか……」

しばらく考えて、レイフォンはなんとか言葉をまとめる。

「……グレンダンだと、武芸者《ぶげい》でいるのはすごい大変なんだ。もちろん、他所《よそ》の都市のことはここしか知らないから、もしかしたらどこも一緒《いっしょ》なのかもしれないけど」

「……大変なんですか？」

「うん。知ってるかな？　グレンダンは汚染獣《おせんじゆう》との遭遇戦《そうぐうせん》が異常《いじょう》に多いって」

「……うん」

「それに、剄が使える人間も多い。でも、剄が使えるだけで汚染獣と戦えるわけでもないし……」

実際《じっさい》、以前に幼生《ようせい》がツェルニに襲《おそ》い掛《か》かってきた時に、グレンダンの学生たちだけでは危《あや》うい状況《じょうきょう》にあった。

「汚染獣と戦うことが多いだけに、グレンダンではそれだけ武芸者に質《しつ》が求められるんだ。だから武芸者同士の交流試合もすごい多いし、対抗戦みたいに、政府《せいふ》公認《こうにん》の汚染獣撃退《げきたい》要員を選定する試合もあったりして、グレンダンだとまずその試合で認《みと》められて初めて武芸者と名乗ってもいいみたいな空気もあるから」

それだけに、ツェルニにいる学生のほとんどはレイフォンにとって〝ぬるい〟と感じてしまう。対抗戦に出てくるような小隊員ともなれば、時には意表を突く行動をとってくるのでもちろん油断《ゆだん》などしないが、グレンダンの試合の時ほどに緊張《きんちょう》もしない。前情報《まえじょうほう》なしで戦った方が、レイフォンにとっては逆《ぎゃく》にやりやすい。なにをしてくるかわからない状況であれば油断しなくて済《す》むからだ。

そういう意味では、時に自分の存在《そんざい》は卑怯《ひきょう》なのではないかとも思う。

しかし、それは勝負事では当たり前のことでもある。常《つね》に五分の正々堂々とした戦いなんて起こるはずもない。

メイシェンが嬉《うれ》しそうに手を叩《たた》いた。

「あ、聞いたことあります。えーと、なんでもグレンダンの王様に与《あた》えられる称号《しょうごう》があるって」

「……うん。それもだけど、その下にももちろんあるんだけどね」

「じゃあ、レイとんはその試合にも出てたんですか？」

「うん、出てた」

それだけじゃなく、メイシェンの言う王様に与えられる称号……天剣授受者《てんけんじゅじゅしゃ》にもなっていた。

それはまだ、メイシェンたちには言っていない。言う勇気が出ない。

なにしろレイフォンは、天剣授受者の称号を剝奪《はくだつ》されるという不名誉《ふめいよ》なことをしでかしている。自分自身の中ではいまだに間違ったことをしたとは思っていないけれど、それが都市のシステムにおいて重要な問題を引き起こしかねなかったというのは理解《りかい》しているだけに、メイシェンたちがどういう反応《はんのう》を見せるかが怖《こわ》い。

(僕は、臆病《おくびょう》になったのかな?)

ニーナにこの事が知られた時の、悲しそうなあの瞳《ひとみ》を思い出す。

あの瞳を、また誰《だれ》かにされてしまうのか……そう考えるのは、そしてそこからどうなってしまうのかを考えるのは辛《つら》いものがある。

「……じゃあ、汚染獣《おせんじゅう》と戦ったことも?」

「うん、あるよ」

あまりにも簡単《かんたん》に答えすぎたのか、メイシェンが驚《おどろ》いた表情《ひょうじょう》のままで固まってしまった。

「……怖くなかったんですか?」

「え?」

「この間の時、怖かったです。シェルターの中でずっと待ってるしかできなくて、ナルキやレイとんたちは戦ってて……もしかしたら死ぬかもしれないって考えたら、怖かったです」

「でも、それが武芸者《ぶげいしゃ》の仕事だから」

「ナルキは、警察官《けいさつかん》になりたいんです。レイとんだって……もう違《ちが》うんでしょ？」

「そうだけど……」

今度もまた、うまい言葉が見つからなくてレイフォンは苦い笑みを浮《う》かべるしかなかった。

人類が都市世界で生きなければならない以上、汚染獣の脅威《きょうい》に抗《こう》する存在《そんざい》として武芸者がいる以上、そして武芸者が都市世界で優遇《ゆうぐう》される存在である以上、武芸者は汚染獣の脅威から逃《に》げ出すなんて選択をしてはならない。

ナルキだって警察官になりたいとは言っても、武芸科にいる以上は武芸者として都市の治安に貢献《こうけん》したいと考えているはずなのだ。なら、汚染獣との戦いからは逃げられない。

それが、都市世界での絶対不文律《ぜったいふぶんりつ》なのだ。

(その武芸者を捨《す》てようとしてたんだけどな)

カリアンにむりやり武芸科に転科させられたことは、もう恨《うら》んではいない。しかしだからといって、自分の望みと現在《げんざい》の状況《じょうきょう》がかみ合っていないことに気持ち悪さを感じないほどに割《わ》り切れているわけでもない。

（もしかしたら……）

グレンダンに残った方が、自分は武芸を捨てたままでいられたのかもしれないと思ってしまう。

しかし、武芸を捨てて他のなにかをあそこで始められたのかを考えると難《むずか》しいだろうと思う。他の都市で始めるよりも、それははるかに険《けわ》しい道になっていたことだろう。

レイフォン・アルセイフという名前が、グレンダンでは禁忌《きんき》の名前になっているのだから。

（まぁ、陛下《へいか》に都市外退去《たいきょ》を命じられていたんだから無理なんだけどね）

思いをはせる可能性《かのうせい》はすでに排除《はいじょ》されていたものなのだ。馬鹿馬鹿《ばかばか》しい考えだとレイフォンは小さく頭を振《ふ》った。

「レイとん？」

「ん？　ああ、なんでもないよ」

見れば、メイシェンの皿は空になっている。

「デザートは別の店にしようか？　ここはどうも落ちつかなそうだし」

「え？　う、うん。そうだね」

「どこかいい店知ってる？」

「……えと、どこでもいいですか？」

「うん、メイがよければどこでも」

「ちょっと、遠いですけど」

「じゃ、そうしよう」

やっぱり払《はら》うと言い出したメイシェンを宥《なだ》めて会計を済《す》ませると、レイフォンはストリートを離《はな》れて学校施設《しせつ》の密集《みっしゅう》する地域《ちいき》へと向かった。

「こっちでいいの？」

「はい、こっちに美味《おい》しいアイスクリームの店があるんです」

「あったかな、そんなの？」

学校に近いとはいっても毎日通る場所とはまた違うので、レイフォンにはまったくわからない。

「この間、偶然《ぐうぜん》見つけたんです」

そう言って隣《となり》を歩くメイシェンはとても楽しそうだ。パスタ屋で話が弾《はず》んだ辺りから彼女の緊張《きんちょう》がほぐれてきたような気がする。ナルキとミィフィという、いつも一緒《いっしょ》の幼馴染《おさななじみ》がいない状況《じょうきょう》に慣《な》れてきたんだろう。

（それだけ、受け入れられてるってことだよな）

そう考えると、ツェルニでの新しい生活に馴染んできた証拠《しょうこ》のように感じられた。

メイシェンの案内で辿《たど》り着いたのは公園だった。木々が公園を囲むようにしてあり、その隙間《すきま》から校舎が覗《のぞ》き見える。公園内には林があり、落ち着いた雰囲気《ふんいき》が漂《ただよ》っていた。

「錬金《れんきん》科の近くなんだね」

「です」

休日だというのに錬金科の開け放たれた窓《まど》からは不可思議《ふかしぎ》な色合いの煙《けむり》があふれ出していた。誰かが怪《あや》しい実験をしているに違いない。失敗したのか成功したのかはしらないが、あの煙に有害物質《ぶっしつ》が混《ま》ざっていないことを祈《いの》るばかりだ。

……鳴り響《ひび》く警報《けいほう》にあまり驚かなくなってしまったのも、この学校に馴染んできた証拠なのだろうと思う。

「あ、あの店です」

隣のメイシェンも警報に驚く様子もなく公園の片隅《かたすみ》にひっそりと置かれたカラフルな屋台を指差した。

「屋台なんだ」

てっきり、公園は近道するために歩いているんだと思っていたので驚《おどろ》いた。

「偶然見つけたんです。今日もあってよかった」

確《たし》かに、今日はほとんどの人が野戦グラウンドの周辺にいるだろうし、移動《いどう》が可能《かのう》な屋台ならそちらに行っている可能性も高い。

メイシェンがオーソドックスなバニラを頼《たの》み、レイフォンはなるべく甘《あま》くないものをと悩《なや》んだ末にヨーグルトにした。

「そういえば、甘いの好きじゃなかったんですよね、ごめんなさい……」

「別にいいよ、これは美味しいし」

実際《じっさい》、ヨーグルトのアイスはレイフォンの好みに合った。

コーンに載《の》せられたアイスを食べながら近くのベンチを探《さが》していると、人の姿《すがた》があるのに気がついた。

二人組で、片方は車椅子《くるまいす》に乗っている。

「……あ」

「あ……」

車椅子の傍《かたわ》らでベンチに座《すわ》っていた片方と目が合い、二人して声を漏《も》らす。

「こんちは、奇遇《きぐう》だね」

ハーレイだ。

ハーレイは咥《くわ》えていたコーンを一気に口の中に放り込《こ》むと、ベンチから立ち上がってレイフォンたちに手を振《ふ》った。

「こんにちは、今日も研究室に？」

相変わらずの汚《よご》れたツナギ姿で、そう見当付ける。

「そ、どっかの誰かさんに付き合ってね。いまは頭に糖分《とうぶん》入れて、休憩《きゅうけい》してたとこ」

そう言ってからハーレイは「ああそうだ」と、車椅子の後部にある握《にぎ》りを摑《つか》むと、ぐるっとこちらに回転させた。

それまで、車椅子の当人はこちらを見もしなかった。

「こいつ、キリク・セロン。同じ研究室なんだ」

「なんだ？　お前の知り合いならお前だけで片付けろ」

その人物はさも迷惑《めいわく》そうに後ろにいるハーレイを睨《にら》み付けるのだが、ハーレイはまるで気にした様子もない。

「片付けろって言ってもね、ほら、彼がレイフォンだよ」

「……なんだと？」

睨み付ける視線《しせん》が、そのままレイフォンに向けられた。

美形だった。線の細い顔立ちに、あまり日に当たらないのだろう不健康な青白い肌《はだ》。車椅子に乗っているということもあって病弱なイメージが付いて回りそうだが、レイフォンを見上げるやぶ睨みが全てをだいなしにしていた。

「お前か、おれの作品をぶっ壊《こわ》してくれたのは」

「作品？」

「複合錬金鋼《アダマンダイト》の開発者ね、こいつ」

「ああ……」

老性体《ろうせい》との戦いの際《さい》に、数種の錬金鋼《ダイト》を、その長所を失うことなく合成させるという新技術の錬金鋼を渡《わた》された。

複合錬金鋼と名づけられたそれの開発者とは、人嫌《ひとぎら》いだからという理由であの時には会うことはなかったのだけれど……

「まったく、よくもやってくれたもんだ。こんなど下手《へた》におれの作品が使われたのかと思うと虫唾《むしず》が走る」

「おいおい……」

こんなに口が悪いとは思わなかった。

「レイフォンの腕《うで》が悪いなんてことはないと思うよ」

「そんなもの、ぶっ壊れたあれを解体《かいたい》すればわかる。なんだあの無様な割《わ》れ方は？　斬線《ざんせん》も見えないで滅多《めった》やたらに振《ふ》り回したんだろうが。良く生きて帰れたもんだ」

唖然《あぜん》としていたレイフォンは、それに怒《おこ》るよりも感心してしまった。

（この人は、あれから戦いを見たんだろうか？）

複合錬金鋼のスリットに収《おさ》まっていた錬金鋼三本の内二本は戦いの最中に破棄《はき》してしまっていて、持ち帰った本体と残りの一本はハーレイが持っていったから、この人物は、あれを分解して状態《じょうたい》を確《たし》かめることで、それこそ傷《きず》の一つ一つからレイフォンの戦いを予測《よそく》していったのだろう。

「だから僕《ぼく》は言ったじゃないか、複合《ふくごう》状態だと密度《みつど》が圧縮《あっしゅく》してるせいで熱がこもりやすいんだ。熱膨張《ぼうちょう》で硬度《こうど》が落ちたり形状が変化したりすれば、そりゃ壊れるって、だからこそ連鎖《れんさ》自壊《じかい》しないように安全装置《そうち》的な反作用逃《に》がしにああいう構造《こうぞう》を取ったんだろ。長時間使用の際《さい》の放熱にまだまだ問題があったってことじゃないか」

「その問題はもちろん理解した。だが、そもそも二度の自壊の原因《げんいん》が切るのに失敗してるっていうのがおれは許《ゆる》せない」

「石切るのと違《ちが》うんだから、毎回毎回うまくいくわけないじゃないか」

「いいや、それは違う……」

「…………！」

「…………！」

なんだか白熱し始めた二人から少し距離《きより》を取って、レイフォンは観察することにした。

「……あの、止めなくて、いいのかな？」

「……アイス溶《と》けるし、ちょっと付いていけないから」

「……そうですね」

おどおどと様子を見ていたメイシェンもそれで納得《なっとく》したようだ。二人はなにやら専門《せんもん》用語を応酬《おうしゅう》させて激論《げきろん》していて、内容はほとんど理解できない。

が、なんとなくだが、すでに当初の問題からは離《はな》れたところで議論しているように見えたのでメイシェンも関わることをやめたのだろう。

二人が息を荒《あら》げながら言葉を止めたのは、アイスを食べ終えた頃《ころ》だった。

「くそっ、喉《のど》が渇《かわ》いたぞ」

キリクが喉を押《お》さえながらうめく。

「せっかく補給《ほきゅう》した糖分《とうぶん》が無駄《むだ》になったじゃないか」

ハーレイも額《ひたい》に浮《う》かんだ汗《あせ》をツナギの袖《そで》で拭《ぬぐ》っている。

「よしっ、もう一度補給して、さっき挙《あ》げた問題の再検討《さいけんとう》だ。ストロベリー」

「望むところだ。チョコにしよう」

喧嘩《けんか》をしているのかアイスをどれにするか決めているのかわからない会話をして、二人がそっぽを向く。ハーレイだけが屋台に向かうということは、キリクの分も買うということなのだろう。

ハーレイがこの場から離れたところで、キリクのやぶ睨みがレイフォンに向けられた。

「……なんだ？　まだいたのか？」

どうやら完全にレイフォンたちのことを忘《わす》れていたようだ。

「いや、なんていうか……あなたの作品を壊してしまったことは、すいませんでした」

レイフォンが頭を下げる。背後《はいご》でメイシェンが緊張《きんちょう》で息を呑《の》む音が聞こえた。

「……道具なんて壊れるために作られるもんだ」

頭を下げたレイフォンから、キリクは目をそらした。

「だけど、できるならそれは有意義《ゆういぎ》な壊《こわ》れ方であって欲《ほ》しい。……あれは、あんたの役に立ったのか？」

「もちろんです。普通《ふつう》の錬金鋼《ダイト》だけだったら、あの状況《じようきよう》は切り抜《ぬ》けられなかったかもしれない」

「……そうか」

キリクは車椅子《くるまいす》のタイヤに手を伸《の》ばすと、自分で動かしてレイフォンに背《せ》を向ける。

「次はもっと役に立つのを作る。おまえはもっとそれを活かせるようになれ」

「……はい」

頭を上げたレイフォンは、メイシェンを促《うなが》して公園を出た。

視界《しかい》の端《はし》で、二つのアイスを持ったハーレイが早足でキリクのところへ戻《もど》っていくのが見えた。

†

「ああ、あの二人は揃《そろ》うと変だ」

ニーナに昼のことを話すと、真っ二つに切り捨《す》てられた。

機関掃除《アルバイト》の真っ最中で、二人は話しながらパイプを磨《みが》いていた。

「変……ですか？」

「変だったろう？」

「……でしたね」

「だろう」

頷《うなず》いたニーナから押し殺した笑い声が漏《も》れた。

「わたしも数えるほどしか会ってないがな、ずいぶんと文句《もんく》を言われた。『貴様《きさま》は、ただ頑丈《がんじょう》であればいいと思っているだろう』とかな。他にも色々と言われたが、専門的過《す》ぎて理解《りかい》できなかった」

「先輩《せんぱい》の錬金鋼もあの人が？」

「ああ。あれでなかなか武技《ぶぎ》に通じていてな、聞くべきところがたくさんある」

「ですね。僕もそう思いました」

公園で、キリクは〝斬線《ざんせん》〟という言葉を使った。物には切りやすい角度というものがあり、その角度に必要な力と必要な速度を加えて剣《けん》を振《ふ》ればどんな硬《かた》いものでも切ることができる。

もちろん、その斬線は同じ物質《ぶっしつ》だからといって同じ場所にあるというわけではなく、練《れん》熟《じゅく》した剣術《けんじゅつ》使いでさえそうそう見極めることはできないのだが。

「あの人、もしかしたら武芸者だったのかもしれませんね」

「かもしれんな」

ニーナもきっと、キリクの車椅子のことを考えているのだろう。

だとしたら、斬線を見極められずに錬金鋼を折ってしまったレイフォンに、本当に腹《はら》を立てていたのだろう。

もちろん、そう思ったからこそ、あの時に頭を下げたのだが。

「それにしても、お前をど下手と言うか。あいつらしいといえばそうなのだが……」

「いや、実際《じっさい》にミスしたところを指摘《してき》されましたし」

「そうなのか？」

ニーナが零《こぼ》れかけた笑みを驚《おどろ》きに変えた。

「ええ。先輩も見たと思いますけど、あの状態《じょうたい》になった決定的な理由は二回ほど切るのに失敗したからですよ」

もちろん、レイフォンにも言い分はある。その二回のどちらともにレイフォンの普段《ふだん》の動きを阻《そ》害《がい》するなにかが起こったことで集中が乱《みだ》れたからだ。

そしてその二つともに、ニーナが関わっていた。

さらにいえば、あの錬金鋼そのものが汚染獣《おせんじゅう》との戦いに使用するには持久力《じきゅうりょく》が不足していたというのもある。

だが、それらをレイフォンは口にはしない。

そうなった原因《げんいん》そのものをいえば、グレンダンでの戦い方をこちらでも通用させようとしていた自分のミスがあるからだ。

あれから、図書館で他の都市での汚染獣との戦いを調べてみたが、やはりというか、グレンダンでの……というよりも天剣授受者《てんけんじゅじゅしゃ》の汚染獣との戦い方は異常《いじょう》なのだ。危険《きけん》な都市外で汚染獣と一対一の戦いを演《えん》じることそのものが、本来は無謀《むぼう》そのものでしかない。

そんな状況《じょうきょう》で使われることを想定した錬金鋼なんて、それこそグレンダンにしかないということなのだろう。

「そうだレイフォン」

「はい？」

失敗した理由を深く突《つ》っ込《こ》まれたりしたらニーナがまた自分の責任《せきにん》にしてしまうかもしれない。話題の転換《てんかん》にレイフォンは内心でほっとした。

そう思ってニーナを見ると、彼女はちょっとたじろぐように後ろに下がった。頬《ほお》の辺りが軽く朱《しゅ》に染《そ》まっているのに、レイフォンは首を傾《かし》げた。

「どうかしました？」

「あ、いや……あのナルキという彼女だが、レイフォンから見てどれぐらい使えると思う？」

「ナルキですか？」

「ああ、お前の目から見てどうなのか、忌憚《きたん》のない意見を聞かせて欲《ほ》しい」

なんでそんなことを言うのか……何度も咳《せき》をしてなにかをごまかすようなニーナを訝《いぶか》しく思いながら、レイフォンは話した。

「そうですね。一年生の中では実力がある方だとは思います。衝剄《しょうけい》よりも活剄の方が得意で、そちらに偏《かたよ》りすぎているとは思いますけど、その分、動きに関しては一年生の中では抜《ぬ》きん出ているものがあります」

「そうだろうな」

今度はニコニコと嬉《うれ》しそうにする。

「……もしかして、小隊に誘《さそ》うつもりですか？」

嫌《いや》な予感がしてそう尋《たず》ねると、ニーナは頷《うなず》いた。

「うん、もしかしたらそうなるかもしれない」

「また、どうしていきなり……」

「いきなりではないぞ、ずっと考えていた」

ブラシについた汚《よご》れをバケツの水で流しながら、ニーナが答える。

「少数精鋭《せいえい》を気取るつもりは最初からなかったしな。しかし現状《げんじょう》、いまの武芸《ぶげい》科にはもう小隊員になれそうな成績《せいせき》の持ち主はいない。なら、素質《そしつ》のありそうなのをこちらで育ててしまった方が早いかもしれない。……そう考えて、あちこち物色していた。最初、入学式でお前に目を留《と》めたのも、そういう理由があった」

「そうだったんですか」

「お前の場合は、わざわざ目を光らせる必要もなかったがな」

そう言ってニーナが笑い、レイフォンも肩《かた》をすくめた。

入学式で故郷《こきょう》の都市のいざこざを持ち込んだ武芸科新入生の乱闘騒《らんとうさわ》ぎに関わらなければ、今のレイフォンはなかった。

武芸から離《はな》れて新しい生き方をと考えていたレイフォンにとっては、最初からつまずいたようなものだが、今はもうあの時のことを後悔《こうかい》してはいない。

「それでも、さすがにな。一年生に授業《じゅぎょう》する時にも色々と目を光らせてはいたんだが、彼女ぐらい使えそうな気がするのはいなかった。まぁ、本来はそれも仕方のないことなのだけどな」

ニーナの漏《も》らしたため息の音が、周囲で唸《うな》りを上げる機関の音に紛《まぎ》れる。

幼《おさな》い頃《ころ》から才能《さいのう》を見せはじめる武芸者を、都市の運営者《うんえいしゃ》たちはそうそう外には出したがらない。

有能な武芸者の数とは、すなわちその都市にとっての戦力でもある。汚染獣《おせんじゅう》に対する危《き》機《き》、そして今年やってくる都市同士の縄張《なわば》り争い……戦争で必要となる重要な存在《そんざい》なのだ。

腕利《うでき》きの武芸者はどこの都市でも欲《ほ》しがるし、また、そう簡単《かんたん》に手放すはずもない。

（もしかして……）

ニーナの家出にはそういう理由も含《ふく》まれているのかもしれないと、レイフォンは勝手に思った。

なにしろ入学してきたばかりで小隊員に選ばれたような武芸者なのだ。生まれた都市でもその実力は認《みと》められていたはずだし、それならば、都市の方が外に出したがらないはずだ。

家は金持ちだと言っていた。なら、代々武芸者を輩出《はいしゅつ》してきた一族なのかもしれない。

武芸者を武芸者たらしめるのは剄能力《けいのうりょく》だ。肉体を強化する内力系活剄《けい》と外部に直接的《ちょくせつ》な破壊力《はかいりょく》として放出する外力系衝剄。その大元である剄を発生させる、武芸者という人種の持つ特別な内臓《ないぞう》器官、剄脈《みゃく》。

剄脈を持って生まれてくる人間は二種類ある。普通《ふつう》の人間の家庭から突如《とつじょ》として生まれてくる突発的誕生型《とつぱつてきたんじょうがた》と、武芸者同士の結婚《けっこん》によって人為《じんい》的に武芸者を誕生させる確率《かくりつ》を上げる血筋型《ちすじがた》。

都市の防衛《ぼうえい》にとって欠かすことのできない武芸者は、ただいるだけで金になる。また、武芸者を確率高く誕生させることをどの都市でも奨励《しょうれい》するし、剄脈持ちの子供《こども》を産んだだけで支援金《しえんきん》が給付される都市も少なくないという。

さらにそこに実力と実績《じっせき》が伴《ともな》えば……グレンダンでいえば天剣授受者《てんけんじゅじゅしゃ》と同じ扱《あつか》いにも匹《ひっ》敵《てき》する立場ということになる。

(考えすぎかな?)

そう思わないでもないが、その可能性《かのうせい》が決して零《ゼロ》ではありえないのも自律型移動都市《レギオス》という世界だとレイフォンは承知《しょうち》している。

その、世界のシステムともいうべき関係性を利用して、いや悪用して、レイフォンは金を儲《もう》けようとしていたのだから。

「どうかしたか?」

「あ、いえ……」

考えに没頭《ぼっとう》しすぎて体が止まっていた。レイフォンは慌《あわ》ててブラシを動かして、パイプにこびりついた、よくわからない固形物をこそぎ落としにかかる。

「とにかく、彼女を誘《さそ》ってみるつもりだ。そのときには頼《たの》むぞ」

ニーナは言い切ると、会話はこれでおしまいとばかりにブラシを動かすのに集中した。

(難《むずか》しいだろうなぁ)

そう思いながら、彼女に倣《なら》って掃除《そうじ》に集中し始めたレイフォンの横で、

（しまったな。聞きそびれてしまった）

以前に拾った手紙のことを聞こうとして聞けなかったことに、ニーナはもどかしさを感じていた。

それがなんなのか、よくわからない。胸《むね》の奥《おく》がもやもやとするし、苛立《いらだ》ちに似《に》ているような気がしないでもない。レイフォンに対して怒《いか》りを感じているように思えるのだが、腹《はら》が立つというわけでもないらしい。怒鳴《どな》りたいとかそういうことにはならない。

なぜか、リーリン……手紙の主である女性《じょせい》のことを知りたいと思ってしまう。

（いや、聞いてどうなるというものでもないだろう。これでいいんだ）

そう自分を納得《なっとく》させると、今度こそ掃除に意識《いしき》を戻《もど》した。

時間が来て、レイフォンとニーナは道具の片付《かたづ》けにかかった。

「そういえば、最近はツェルニが大人しいな」

用具入れのドアを閉《し》めたところで、ニーナの声が背中《せなか》にかかった。

ニーナが言うのは、この都市そのもののことではない。都市の意識である幼子《おさなご》の姿《すがた》をした電子精霊《せいれい》のことだ。

「そういえば、そうですね」

一週間に一度は機関の中心部から抜《ぬ》け出して、管理をしている機械科の生徒たちと一方的なかくれんぼをしている電子精霊の姿を今週は見ていない。

もちろん、機械科の生徒たちはかくれんぼのつもりなどはないだろうが。

ニーナはツェルニに気に入られていて、彼女が機関掃除《アルバイト》をしている日を見計らうようにして抜け出すらしい。そのため、いつも見つける役はニーナに回ってくる。

レイフォンもそれについて回って、ツェルニの姿をよく見ていた。

全身を淡《あわ》く輝《かがや》かせて宙《ちゅう》を自在《じざい》に飛び回るツェルニの姿は、いつ見ても不思議な光景だ。

「また、汚染獣《おせんじゅう》でも接近《せっきん》しているのではないだろうな……」

ニーナが周囲に誰《だれ》もいないのを確《たし》かめてから、そう呟《つぶや》いた。

機械科の連中にとってはツェルニが大人しくしてくれているのはありがたいことのはずだ。そのたびに動きが怪《あや》しくなる……時には停止してしまう機関のあちこちを調整して回らなくて済《す》むのだから。

しかしそこに、汚染獣を発見する都市特有の危機《きき》感知能力《のうりょく》が働いているかもしれないなんて知ったら、彼らはとても複雑《ふくざつ》な顔をすることだろう。

「どうだろうな？」

「どうだろうなと言われても、グレンダンにいた頃《ころ》は意識と顔を合わせたことなんてなかったんですから、なんとも言えないですよ」

「そうか。まぁ、そうそうあんなことが起こるわけもないか」

「そうですよ」

ツェルニはグレンダンのような汚染獣との遭遇率《そうぐうりつ》が異常《いじよう》な都市とは違《ちが》う。レイフォンが来るまでは長い間汚染獣の脅威《きようい》とは遠く離《はな》れていたのだ。

「そうだな」

「ですよ」

レイフォンとニーナは、まるで確認《かくにん》しあうように頷《うなず》きあった。

そこに……

「おお、そこにいたか」

無精《ぶしよう》ひげを生やした機関長が顔を出した。

「どうかしたか？」

「電話があってな、生徒会がお前さんに来て欲《ほ》しいとさ」

「生徒会が？」

「ああ。伝えたぞ」

訝《いぶか》しげな顔をするニーナに伝えると、機関長は「お疲《つか》れさん」とその場を去っていく。

レイフォンとニーナは顔を見合わせた。

「なにか起こったな」

「ですね」

03　廃都《はいと》の時間

生徒会に呼《よ》ばれたのはニーナだけだったのだろう。だが、レイフォンはニーナに付いて生徒会長室へと向かった。

ニーナが呼ばれるということは第十七小隊全体になにかが命じられる可能性《かのうせい》もあるからだ。

「なにが起こったと思う？」

「なんでしょうね。電話での呼び出しということは、内密《ないみつ》な話というわけではなさそうですけど」

この間の汚染獣《おせんじゅう》との戦いは、フェリを介《かい》して生徒会長からレイフォンに内密に話を持ちかけられた。

今回はそういうのとは趣《おもむき》が違いそうだ。

「そうだな。だが、こんな……もう早朝か、こんな時間に呼び出されるということはそれだけ緊急《きんきゅう》の要件《ようけん》でもありそうだ」

ニーナが空を見上げてそう呟《つぶや》く。まだまだ都市はほの暗く、街灯の明かりがぽつぽつとその闇《やみ》を払《はら》っている。

レイフォンはニーナの視線《しせん》を追う。星の光の薄《うす》くなった空の片隅《かたすみ》で、朝焼けの赤紫《あかむらさき》色が滲《にじ》むようにして広がりつつあった。

「無理はさせないからな」

「え？」

滲む朝焼けに目を細めていたレイフォンはその声に顔を下ろした。

「なんだろうと、お前一人に無理はさせないからな」

ニーナがこちらを見ている。

建物の陰《かげ》を縫《ぬ》って朝焼けの光が差し込《こ》んできていた。ニーナは横顔にその光を浴びてこちらを見ている。

「……ありがとうございます」

逆光《ぎゃっこう》で、ニーナの表情《ひょうじょう》がよくわからない。それを、なんとなく残念に思いながらレイフォンは礼を言った。

「でも、先輩《せんぱい》もそんなに無理しなくていいですからね」

「なにを言う。お前はわたしの部下なんだから、守るのは当然だ」

いきなり早足になったニーナを追いかけて、レイフォンは生徒会のある校舎《こうしゃ》へと入っていった。

生徒会長室へと入ると、そこにはロス兄妹《きょうだい》が揃《そろ》っていた。

「やあ、こんな朝早くからすまないね」

早朝の、普段《ふだん》ならまだ眠《ねむ》っている時間だというのに、カリアンもフェリも制服姿《せいふくすがた》に一分の隙《すき》もない。

（この人たちって、寝《ね》てる時もこんななんだろうか……）

微塵《みじん》も動くことなく、まるで死体のように眠るロス兄妹を想像していると、ソファに座《すわ》っていたフェリに睨《にら》まれた。

ニーナが訊《たず》ねた。

「なにか、緊急事態《じたい》でも？」

「まぁそうなんだけど……悪いがもう少し待ってもらえるかな？　まだ全員集まっていないからね」

ソファを勧《すす》められ、飲み物が用意される。飲み物を用意してくれた女性《じょせい》の役員が、一緒《いっしょ》にパンも持ってきてくれた。

「向こうはもう少し時間がかかるだろう。仕事明けで朝食もまだだろう？　食べていてくれ。私たちはもう済《す》ませたのでね」

「では、遠慮《えんりょ》なく」

ニーナがパンを手に取り、レイフォンもそれに倣《なら》う。

その横でお茶を飲んでいるフェリに目をやる。

「どうかしましたか？」

「いや、なにがあったのかなぁって……」

「待ってればわかりますよ」

「いや、そうですけど……」

フェリは不機嫌《ふきげん》そうにレイフォンを一睨みすると、後はもう黙《だま》り込んだままなにも喋《しゃべ》ることはなかった。

次にドアがノックされたのは、朝食も終わって少し手持ち無沙汰《ぶさた》になったころだった。

「武芸長《ぶげい》……それに……」

大柄《おおがら》なヴァンゼの隣《となり》に立っているこれまた大男に、レイフォンは見覚えがあった。

「第五小隊ゴルネオ・ルッケンス。参上しました」

「二人ともご苦労様」

「こんな朝早くからなんだ？」

二人とも寝起きの余韻《よいん》はまるで残していない。それに満足するようにカリアンは何度も頷《うなず》いた。

「緊急なんでね。ヴァンゼには悪いけど、事後承諾《しょうだく》になる」

カリアンに勧められ、ヴァンゼとゴルネオがレイフォンたちと対面のソファに座る。

ゴルネオが一瞬《いっしゅん》、こちらを見た。

鋭《するど》く刺《さ》すような視線は、しかし一瞬でレイフォンからそらされた。

「事後承諾とはどういうことだ？」

武芸長が場にいる人間をひとしきり眺《なが》めてから質問《しつもん》する。

「これを見てくれ」

カリアンは自分の机《つくえ》に置かれていた一枚《まい》の写真をソファの前にあるテーブルに置いた。

「これは……探査機《たんさき》からのものか？」

「ああ、二時間ほど前に帰還《きかん》してきた探査機からのデータを現像《げんぞう》した」

「二時間前だと？　えらく急いで現像したんだな」

「ちょっとした事情《じじょう》があってね」

「ふうむ」

ヴァンゼはそれ以上の追及《ついきゅう》はせず、写真に集中した。

写真には山の絵があった。写真の左端《ひだりはし》から右端にかけてゆるやかな稜線《りょうせん》を描《えが》いている。高さはそれほどなさそうだ。

問題としているものは、すぐにわかった。

写真の右端辺りに大きなシルエットがある。

その特徴《とくちょう》的な形は決して自然物ではありえない。テーブル状《じょう》の中央部から上部に無数の塔《とう》のような影《かげ》が連なり、下部には半球が貼《は》り付くようにしてある。それを無数の足が支《ささ》えている。

「こりゃ、都市か？」

「そうだ」

「っ！　戦《いくさ》か！」

「さて、どうかな」

室内に満ちた緊張感《きんちょうかん》を、カリアンは涼《すず》やかに流してさらにもう一枚《まい》の写真をテーブルに置いた。

「こちらは、その都市を拡大《かくだい》したものだ」

「これは……」

ニーナが息を呑《の》む音を聞きながら、レイフォンも写真の中の惨状《さんじょう》に顔をしかめた。

次の写真に写っていたのは、無残な都市の姿《すがた》だった。

「ひどいな……」

ゴルネオが低く唸《うな》る。

都市の全体を覆《おお》う第一層《そう》の金属《きんぞく》プレートはあちこちが剝《は》がれ、あるいは抉《えぐ》られ、そして崩《くず》れ落ちていた。都市の足のいくつかは半ばから、あるいは根元から折れて失われている。都市の上にある建物も無残に打ち壊《こわ》されていた。

第二層にある有機プレートが自己修復《じこしゆうふく》を行って、都市の外部を苔《こけ》と蔓系《つるけい》の植物で覆っている。その進行度を見るかぎり、都市を襲《おそ》った悲劇《ひげき》からはそれなりの時間が経過《けいか》しているようだ。

「エアフィルターは生きているようだが……」

「汚染獣《おせんじゆう》に襲われたな」

「私もそう思う」

写真の中は夜だ。それなのに、都市のどこにも明かりは見えない。

「……この近くに汚染獣がいるのか？」

「都市周辺のデータも調べてみたが、その様子はない。もちろん、この後で再調査《さいちょうさ》はするけどね。それよりも、わたしが気にしているのはこっちの方だ」

カリアンが一枚目の写真を指差す。

「この山だけどね、ヴァンゼ、覚えがないかい？」

「……覚えもなにも、都市の外の様子なんて……」

言いかけ、ヴァンゼが口をつぐんだ。

「おい、ちょっと待てこりゃあ……」

「撮影《さつえい》されたのが夜だからわかりにくいかもしれないけどね、山のあちこちに見覚えのあるものが設置《せっち》されているように見えるんだけどね」

「もしかして……セルニウム鉱山《こうざん》ですか？」

ニーナがはっと顔を上げ、カリアンが頷《うなず》くのを見た。

「ああ、ツェルニが唯一《ゆいいつ》保有している鉱山だ。どうやらツェルニは補給《ほきゅう》を求めているらしいね」

「ではあの都市も……」

「しかし、どうしてここに？」

「推測《すいそく》だが、汚染獣から逃《に》げようとして本来の自分の領域《りょういき》を出てしまったんじゃないかな。そのために自分の鉱山に向かうのには間に合わなくなってしまった」

「飢《う》えは、都市さえも狂《くる》わせるか」

「悲しい現実《げんじつ》だ」

ヴァンゼが沈《ちん》うつな息を吐《は》く。カリアンが言葉通りに思っているのかどうか、その表《ひょう》情《じょう》からは推《お》し量れない。

「さて、ゴルネオ・ルッケンス。ニーナ・アントーク。ヴァンゼだけでなく君たち二人に来てもらったのにはわけがある」

「あの都市の偵察《ていさつ》か？」

ヴァンゼの言葉に頷き、カリアンは先を続けた。

「探査機からの画像データを見るかぎり、鉱山と都市の周辺には汚染獣の姿《すがた》はない。だが、あの都市が汚染獣に襲われたのは目に見えて明らかだ。汚染獣の生態《せいたい》を我々《われわれ》が完全に理解《りかい》していない以上、あの都市に汚染獣が次なる獲物《えもの》を求めて罠《わな》を仕《し》掛けていないという確証《かくしょう》は、今の段階《だんかい》では得られない。君たち二小隊であの都市を先行偵察してもらい、その確証を手に入れてきて欲《ほ》しい」

「……偵察そのものに異議《いぎ》はない。が、一応《いちおう》聞かせてもらおうか。この二小隊を選んだ理由は？」

「単純《たんじゅん》に数字だよ。この間改良した都市外用のスーツは現状《げんじょう》、数を揃《そろ》えられていない。定員数を満たした小隊二つに支給《しきゅう》できないほどにね。なら、後はその数に合わせるしかない。

……もちろん、君たちの対抗戦《たいこう》での成績《せいせき》は申し分ないものだと思うがね。

さて、君たちの方に異論《いろん》はないと思うが、どうかな？」

「任務了解《にんむりょうかい》しました」

「……了解です」

「うん、よろしく頼《たの》む。出発は二時間後を予定している。君たちはそれまでに隊員たちを揃えておいてくれ」

「急ですね」

「都市がその足を止めない以上、時間は限《かぎ》られていると思ってもらいたい」

カリアンの言葉に、ニーナとゴルネオが立ち上がって敬礼《けいれい》した。

†

「……で、こうなってるわけか。だりぃ」

都市下部の外部ゲートに最後にやってきたシャーニッドが一番に不平を零《こぼ》した。後ろでまとめた髪《かみ》には寝癖《ねぐせ》が残っていて、あちこちに跳《は》ねていたりする。

「昼まで寝てるつもりだったのによ」

ぶつぶつ言うシャーニッドにニーナが呆《あき》れた。

「おまえ……今日は休日じゃないぞ？　なにをしていたんだ？」

「イケてる男の夜の生活を想像《そうぞう》するもんじゃないぜ」

「なんでもいいからもう少しまともな生活をしろ」

怒《おこ》るのも疲《つか》れたという顔で、ニーナは着たばかりの汚染物質遮断《ぶっしつしゃだん》スーツの着心地《ごこち》を確《たし》かめている。

「ふむ、確かに軽いな」

普段《ふだん》の戦闘《せんとう》衣の下に着られる上に、着た後もすぐに慣《な》れるだろう程度《ていど》の違和感《いわかん》しかない。せいぜい一枚余分《まいよぶん》に着てるぐらいの感覚だ。

「これはいいな」

「へぇ、これがこないだあいつが着てた奴《やつ》か」

シャーニッドが自分用に用意されたスーツを興味《きょうみ》深げに眺《なが》めた。

「……ふむ」

「なんだ？」

シャーニッドが顔を上げ、ニーナとランドローラーのサイドシートに退屈《たいくつ》そうに腰《こし》を下ろしているフェリを、とてもまじめな顔で見つめた。

「……エロイな」

「さっさと着替《きが》えて来い、馬鹿者《ばか》が」

「へーい」

投げつけられたスーツを頭に引っかぶったまま、シャーニッドはだらだらと更衣室《こうい》として割《わ》り当てられた部屋へと向かっていく。

すでにスーツと戦闘衣を着込《きこ》んでいるレイフォンは、二人のやり取りを苦笑しながら見ていた。ランドローラーのチェックも終わっていて、後はハーレイの錬金鋼《ダイト》のチェックだけだ。

つと……レイフォンはサイドシートに腰を下ろしたフェリに目を向けた。

「なんですか？」

「いや……あの都市を見つけたのは、先輩《せんぱい》ですか？」

「……フォンフォン」

「はいすいません。あれを見つけたのは、フェリなんですか？」

なんでだか先輩と呼《よ》ばれるのを嫌《きら》うフェリに睨《にら》まれて、レイフォンは訂正《ていせい》する。

「偶然《ぐうぜん》です」

「それは、そうでしょうけど……」

気になるのは、試合でもない時にどうしてわざわざ念威《ねんい》を使っていたかだ。確《たし》かに見つ

けたのは偶然かもしれないが、成果を見せてしまえばカリアンがもっとフェリを武芸科《ぶげい》から離《はな》さなくなることなんてわかりきっているのに。

だが、そのことを聞いてもフェリは答えてくれそうにはなかった。体中から不本意を訴《うった》えてサイドシートにむっつりと座《すわ》り込んでいる。

「…………」

背中《せなか》を刺《さ》す感触《かんしょく》に、レイフォンは振《ふ》り返った。

少し離れたところで第五小隊が準備《じゅんび》をしている。あちらはこちらと違《ちが》って不平を漏《も》らす隊員の姿《すがた》もなく、隊長ゴルネオの下《もと》、順調に準備が完了《かんりょう》しようとしていた。

（また……？）

視線《しせん》は第五小隊の方角から来ていた。

第五小隊の七人はゴルネオを中心になにかを話し合っている。

ゴルネオはこちらに背を向けていた。

（あれ？）

視線の主はゴルネオじゃない。彼はなにかを隊員に言い聞かせているようだ。五年生の彼は隊長らしい貫禄《かんろく》で隊員たちを掌握《しょうあく》しているように見える。

見ているのは、ゴルネオのすぐそばにあるランドローラーの上で胡坐《あぐら》をかいている少女だった。

シャンテ・ライテだ。

剣帯《けんたい》の色からして五年生。少なくとも二十にはなろうかという歳《とし》では、もう少女ではない。だが、フェリよりは高いが小さな背《せ》に童顔《どうがん》が載《の》っかっていては、レイフォンと同い歳と言われても疑《うたが》わないかもしれない。

真っ赤な髪《かみ》の下にある猫《ねこ》科のきつい瞳《ひとみ》が、レイフォンをまっすぐに睨み付けていた。

（え？　え？）

てっきりゴルネオだと思っていたから、これには慌《あわ》てた。

不意打ちのような敵意にレイフォンが怯《ひる》むと、シャンテがぷいと視線をそらす。

「どうかしましたか？」

「あ、いえ……」

フェリが視線を追って第五小隊に視線を向ける。

再《ふた》びこちらを向いたシャンテが、「いーっ」と歯を剝《む》いていた。

「……小生意気ですね」

「ははは……」

乾《かわ》いた笑いを返していると、ハーレイが錬金鋼《ダイト》のチェックを終えて戻《もど》ってきた。

「この間の試合を引きずってるのかな？」

ハーレイも見ていたようだ。

「そうなんですかね？」

「十七小隊《ちうう》は武芸科以外には人気があるからね。それを気に入らないって人はたくさんいるだろうし」

「はぁ……」

「華々《はなばな》しいデビュー戦の上に、隊員は全員下級生。隊長は美人だし、アタッカーは目立つし、客の目から見れば面白《おもしろ》いだろうね」

レイフォンはなにも言わず、受け取った錬金鋼をいじっていた。

「……こんな急じゃなかったら、新しい複合錬金鋼《アダマンダイト》を渡《わた》せたんだろうけどね」

「……昨日、なにか言い合いしてませんでした？」

「ああ、あれは……汚染獣《おせんじゆう》用の話だよ」

ハーレイは声を潜《ひそ》めた。

「この間のあれを解析《かいせき》して、汚染獣と戦うには従来《じゆうらい》の錬金鋼だとどうしても耐久性《たいきゆうせい》に不満が出てくるのがわかったからね」

「あんな無茶はもうする気はないですけどね」

「でも、戦いの途中《とちゅう》で武器が折れるなんて勘弁《かんべん》して欲《ほ》しいでしょ」

「それはそうですよ」

「で、今言ってるのは、対人用とでもいえばいいかな？　軽量化の代償《だいしょう》に錬金鋼の入れ替《か》えができなくなってるタイプなんだけど、こっちはもうすぐ出来上がりそうだったんだ。また、レイフォンにテストを頼《たの》もうと思ってたんだけど。

さすがに、ぶっつけ本番を何回もやりたくないでしょ？」

前回の複合錬金鋼にしても、実際《じっさい》に使ったのは汚染獣と対峙《たいじ》したときが初めてだった。

「たしかにそうですね」

シャーニッドが着替えを済《す》ませ、ハーレイから錬金鋼を受け取ると第十七小隊の準備は終了した。

とっくに準備を済ませていた第五小隊の冷たい目に見られながらランドローラーに乗り込む。レイフォンとシャーニッドが運転し、フェリとニーナがそれぞれのサイドシートに乗った。空いた片方《かたほう》のサイドシートにも荷物と食料を乗せる。

フェイススコープにはフェリの念威端子《ねんいたんし》が接続《せつぞく》され、普段《ふだん》の視界よりもはるかに鮮明《せんめい》な世界が目の前に広がった。

外部ゲートが開かれる。

「幸運を。そして良い知らせを期待しているよ」

カリアンの言葉が通信機越《ご》しに全員の耳に届《とど》き、レイフォンたちは荒野《こうや》に解《と》き放たれた。

†

ランドローラーを走らせて半日、目的地には何の問題もなく辿《たど》り着いた。

「こいつは、よくもまぁ……」

シャーニッドの驚《おどろ》きの声が通信機に届く。

写真で見てもひどかったが、実際に目にするとやはり違《ちが》う。レイフォンたちのすぐ真上には折れた足の断面《だんめん》があり、そこは有機プレートの自然修復《しゅうふく》によって苔《こけ》と蔓《つる》に覆《おお》われている。

その蔓の群《む》れはいまにも雪崩《なだれ》落ちてきそうなほどだ。エアフィルターから抜《ぬ》け出た部分がすでに枯《か》れきっているために、さらにそう思えた。

「汚染獣に襲《おそ》われて、ここまでやって来たって言ってたか？」

「推測《すいそく》だがな」

「会長様の推測か……まっ、外れちゃいないんだろうが」

「外縁《がいえん》部西側の探査《たんさ》終わりました。停留所《ていりゅうじょ》は完全に破壊《はかい》されています。係留索《けいりゅうさく》は使えません」

「こちら第五小隊。東側の探査終了《しゅうりょう》。こちら側には停留所はなし。外部ゲートはロックされたままです」

第五小隊の念威繰者《そうしゃ》からだ。

「あーらら」

「上がる手段《しゅだん》はなしか」

「ワイヤーで上がるしかないですね」

「そうだな」

レイフォンの提案《ていあん》に、ニーナは頷《うなず》く。

「こちら第十七小隊。ワイヤーで都市に上がった後、調査を開始する」

「了解《りょうかい》した。こちらも東側から調査していく。合流地点はおって知らせる」

「了解した」

ゴルネオの言葉を最後に通信が切れる。

「先行します」

錬金鋼を抜き出し起動鍵語《けんご》を呟《つぶや》く。青い光が一瞬《いっしゅん》、レイフォンの手の中で弾《はじ》け、そして消えた。

柄《え》のみの奇妙《きみよう》な武器がレイフォンの手に残る。

鋼糸《こうし》だ。

特別《とくべつ》な任務《にんむ》ということで鋼糸状態《じようたい》の封印《ふういん》は解かれている。宙《ちゆう》に舞《ま》った無数の鋼糸に剄《けい》を走らせ、レイフォンは都市へと繋《つな》げた。

「レイフォン、一緒《いつしよ》に上げてください」

「わかりました」

フェリの体に鋼糸を巻《ま》きつつ、レイフォンは先に都市へと上がる。エアフィルターを抜ける粘液《ねんえき》のような感触《かんしよく》の後に、地面に辿《たど》り着いた。

ざっと視線《しせん》を走らせつつ、鋼糸を先行させる。周囲十キルメルを綿密《めんみつ》調査……立ちくらみしてしまいそうだ。

「この周囲の安全は完全に保証《ほしよう》しますよ。それとも、自分でもしないと気が済《す》みませんか？　フォンフォン」

「信頼《しんらい》してますよ、でも、癖《くせ》みたいなものです。教えられてても、やっぱり自分の手で確かめたいじゃないですか」

鋼糸を戻《もど》し、額《ひたい》に汗《あせ》が浮《う》いたのを感じながらレイフォンは答えた。

「無駄《むだ》な行為《こうい》。そんなことに労力を費やすなら、もう少し丁寧《ていねい》に持ち上げてください」

「……すいません」

それにしても……レイフォンは全身に浮いた汗が冷えていくのを感じながらフェリを見た。

鋼糸で周囲を調べるのは別に今日が初めてではないが、綿密に行おうとすればするほどやはり脳《のう》のどこかの部分で無理が生じているような気がする。

(念威繰者って、やっぱり脳からして作りが違うんだろうな)

大量の情報《じょうほう》を一度に認識《にんしき》して並行処理《へいこうしょり》できてしまうなんてそうとしか思えない。

別にそれを異端《いたん》だと感じるわけではない。武芸者《ぶげい》だって、普通《ふつう》の人間にはない剄脈《けいみゃく》という器官を持っている。

人間であって人間でないのが、武芸者であって念威繰者だ。

(……忘《わす》れてはいけないのだよ)

「どうかしましたか？」

「……いいえ」

ふと思い出した言葉を振《ふ》り払《はら》う。

ニーナとシャーニッドの二人が上がってきた。

「どうだ？」

「今のところは死体一つありません」

涼《すず》しい顔でフェリが答えた。

フェリの重晶錬金鋼《バーライトダイト》はすでに復元《ふくげん》されて、分散した念威端子は都市中を飛び回っている。

このままここで待機しているだけで、フェリが都市中を調べつくしてしまうだろう。

「よし、なら近くの重要施設《しせつ》から順に調べていこう」

「都市の半分ぐらいなら一時間ほどで済みますが？」

「そうだぜ、楽に済まそうや」

「フェリの能力《のうりょく》を疑《うたが》うわけではないが、それでは納得《なっとく》しない連中もいるだろう？」

「……はい」

不承不承《ふしょうぶしょう》という様子でフェリが頷《うなず》く。

「……機関部の入り口は見つかったか？」

「いえ。どうやらこの近辺にはなさそうです」

「そうか」

「ですが、シェルターの入り口は見つけてあります」

「なら、まずそこからだ。生存者《せいぞん》がいればありがたいが」

「期待は薄《うす》そうだけどな」

シャーニッドの呟《つぶや》きにニーナは一睨《にら》みし、第十七小隊はフェリの案内で都市の奥《おく》へと進んだ。

†

「ねぇ、ゴル」

「ん？」

肩《かた》からの呼《よ》びかけに声だけを返し、ゴルネオは周囲を観察していた。都市の東側から侵《しん》入《にゅう》した第五小隊は隊を三つに分け、念威《ねんい》繰者《そうしゃ》を含《ふく》んだ三人を後方に待機させ、ゴルネオともう一人の組が周囲の建物を調査《ちょうさ》していた。

「ここで仕《し》掛《か》けたら、事故《じこ》で済ませられるんじゃない？」

肩に乗ったシャンテの呟きで、ゴルネオは足を止める。

二人はいま、商店街を歩いていた。通りにはやはり人の姿《すがた》はなく、店舗《てんぽ》はまばらに打ち壊《こわ》され、その破片《はへん》は通りのそこかしこに小山を作っている。

「そう簡単《かんたん》なことではない。あいつの実力は見たろう？」

「見たけどさ……不意を打っちゃえばいけるんじゃない？」

ゴルネオが鼻で笑う。笑って、鼻をつく臭《にお》いに顔をしかめた。

「天剣授受者《てんけんじゅじゅしゃ》に隙《すき》などあるものか」

「そんなの、やってみなくちゃわからないじゃん」

シャンテがぶらぶらさせていた足でゴルネオの胸《むね》を叩《たた》く。厚《あつ》い胸板はそんなことではびくともしない。

「やってみないとわからないなんて言っているうちは、お前はまだ未熟《みじゅく》だってことだ」

「むう……」

ゴルネオはもう一度鼻を動かし、臭気《しゅうき》を取り込《こ》んだ。

腐臭《ふしゅう》だ。そして血の臭い。飲食店や食料店を覗《のぞ》けば蠅《はえ》にたかられた食材が転がっているのが見えるので腐臭の方はおかしくもない。

だが、血の臭いは……

通りのあちこちに黒い染《し》みが残っているのを見ればそれも頷《うなず》ける。

たしかにこの都市で惨劇《さんげき》が起こった。

汚染獣《おせんじゅう》が襲来《しゅうらい》し、武芸《ぶげい》者と念威繰者が必死に戦い、そして敗《やぶ》れたのだ。エアフィルターを突《つ》き抜《ぬ》けて汚染獣が都市に舞《ま》い降《お》り、汚染物質《ぶっしつ》以外の久《ひさ》しぶりの、あるいは初めてのご馳走《ちそう》を余《あま》すところなく食い尽《つ》くしたのだ。

だが、それにしても……

「どうして死体がない？」

汚染獣が襲来した際《さい》に、都市の住民のほとんどはシェルターに避難《ひなん》したことだろう。だから死体が、それこそ腐るほどにある場所といえばそこになるのだが……

「武芸者の死体もないのは、たしかに変だよね」

この都市の規模《きぼ》なら、使える使えないは別にして武芸者の数は十分に揃《そろ》っていただろう。彼らの戦った跡《あと》だけがこうして残り、その死体が一つも……それこそ腕《うで》の一本から肉片《にくへん》にいたるまで少しも見当たらないというのはどういうことなのか？

通りに残る臭いを考えれば、それほどの長い時間が経過《けいか》しているとは思えない。それこそ、腐敗しきって骨《ほね》すら残さなくなるほど経《た》っているとは考えられない。

「まるで、誰《だれ》かが片付《かたづ》けたみたいだ」

肩でシャンテがそう呟く。

すでに人の気配など絶《た》えている都市で、誰がそんなことをするのか……

一笑に付せそうなシャンテの言葉を、しかしゴルネオはできなかった。

「でさぁ、ゴル」

考えに沈《しず》んでいたゴルネオをシャンテが引き戻《もど》す。

「ん？」

「だからって、あいつをほっとくつもりはないんでしょ？」

話は最初に戻ったらしい。

「当然だ」

腹《はら》の奥《おく》で唸《うな》りながら、ゴルネオは答えた。

「あいつは、許《ゆる》せない」

そのことを手紙で知った時の衝撃《しょうげき》は忘《わす》れられない。それが奇《く》しくも、悲劇《ひげき》の張本人《ちょうほんにん》からの手紙を読んだ後だっただけに、衝撃は増《ま》した。

「あいつが、ガハルドさんを殺したんだ。武芸者としてのガハルドさんを」

それがただの事故《じこ》だったなら、嘆《なげ》きながらもゴルネオも怒《いか》りを飲み込んだだろう。

だが、そうではない。

後からの手紙にはことの経緯《けいい》が詳細《しょうさい》に書かれていた。

「あいつは、武芸者の恥《はじ》だ。許しておくわけにはいかん」

天剣授受者《てんけんじゅじゅしゃ》という地位を利用してグレンダンの闇《やみ》試合に関わり、さらにそれを突《つ》き止めたガハルドを試合で合法的に殺そうとした。

ガハルドは死ぬことはなかったが、利《き》き腕《うで》を切り落とされる重傷《じゅうしょう》を負い、それが元で勁《けい》脈《みゃく》に異常《いじょう》が出ているという。武芸者としてはもう再起《さいき》不能《ふのう》だろうと書かれていた。

「グレンダンから追い出すだけだなどと、陛下《へいか》は生温《なまぬる》い」

あんなことをしでかしておきながら、今度はツェルニで武芸者面《づら》をしている。今はまだなにもないが、それがこれからも続くとは思えない。

「あいつの息の根は、おれが止める」

「ゴル、あたしも手伝うからね」

それには、ゴルネオは首を振《ふ》った。

「たとえ心が腐《くさ》ってても実力は天剣授受者だ。天剣授受者のことはよく知ってる。お前まで危険《きけん》な目にあわせるつもりはない」

「馬鹿《ばか》っ！」

断固《だんこ》とした拒絶《きょぜつ》に、シャンテはゴルネオの頭に握《にぎ》り締《し》めた拳《こぶし》を落とした。

†

シェルターの天井《てんじょう》には大穴《おおあな》が開いていた。天井から落ちた瓦礫《がれき》が放射状《ほうしゃじょう》に広がっている。その瓦礫の縁《ふち》を、赤黒く固まった血が彩《いろど》っていた。

幸運なのは、天井の大穴のおかげで臭《にお》いがある程度《ていど》拡散《かくさん》されているということぐらいだろう。

「こいつはひでぇ」

シャーニッドが口と鼻を手で押《お》さえ、もごもごと呟《つぶや》く。

腐敗の臭気が、まるで澱《おり》のようにどんよりとシェルター全体に漂《ただよ》っていた。レイフォンもニーナもシャーニッドと同じように手で口と鼻を覆《おお》っている。フェリだけはシェルターに入るのを拒《こば》んで入り口に待機していた。

「生存者《せいぞん》はいるか？」

「いません」

一縷《いちる》の望みをかけたニーナの問いは、念威端子《ねんいたんし》からのフェリの声に冷たく切り捨《す》てられた。

「くそっ」

苛立《いらだ》ちに、ニーナが床《ゆか》を蹴《け》った。

「それにしても、ここにもやっぱり死体はなしかよ」

シャーニッドが額《ひたい》にしわを寄《よ》せた顔で呟く。

「まるで誰かが片付《かたづ》けたみたいだ」

奇《く》しくも別の場所でシャンテが呟いたのと同じ言葉をレイフォンが口にした。

汚染獣《おせんじゆう》が、この都市の住民を食い尽《つ》くしたとしても、あの巨大《きよだい》さで人間を食べようとすれば食い残しは必ず出てくる。

それが一つもない。

エアフィルターが生きている以上生存者がいる可能性《かのうせい》もあるが、フェリの念威にはいまだに人間レベルの生命反応《はんのう》は見つかっていないという。生命反応があったとしても食料用の家畜《かちく》や魚ばかりだ。

「こないだツェルニに来た奴《やつ》って線《セン》はないのか？」

その質問《しつもん》を向けられたレイフォンは首を振《ふ》った。

たしかにあれだけ大量の幼生《ようせい》にたかられては、死体なんて残らないかもしれない。

しかし……

「それなら、都市の壊《こわ》れ方がおかしいですよ。見るかぎり、ほとんどの建物が上から潰《つぶ》される感じで壊されてる。幼生の大群《たいぐん》ならもっと横から押し倒《たお》す感じで壊れていないと」

汚染獣は空から来て、そして空から去ったはずだ。一匹《ぴき》ではなかったかもしれないが、幼生が大挙して押し寄《よ》せたという感じではない。

「なら、何者かがここの死体をきれいに片付けたということか？」

ニーナの問いに、レイフォンは無言になるしかなかった。

たとえ生存者がいたとして、それが都市を襲《おそ》った惨劇《さんげき》の後になんとか手段《しゅだん》を見つけて外に逃《に》げ出したとしても、死体の全てを……すくなくともレイフォンたちが見て回った地域《ちいき》の全ての死体を葬《ほうむ》っていったとは考えられない。

無駄《むだ》だとわかっていても、レイフォンたちはシェルターの内部を隅々《すみずみ》まで確認《かくにん》してから地上に上がった。レイフォンたちの目的は生存者を見つけることではなく、危険《きけん》がないことを確認するためだからだ。

「くぁ、たまんね」

先に出たシャーニッドが大きく息を吐《は》き、レイフォンとニーナも同じく外気を存分に吸《す》い込《こ》んだ。地上にも嫌《いや》な臭《にお》いがあるが、シェルターの内部よりははるかにましだ。

「この都市はどうなってしまっているんだ？」

やっと落ち着いたのか、ニーナがそう零《こぼ》す。

「汚染獣の反応はありませんから、危険ではないと思いますが？」

ツェルニが鉱山《こうざん》に辿《たど》り着くまであと一日。それまでにこの都市が安全であることを確認しなくてはいけない。

「汚染獣の危険はないかもしれんが、この不可解《ふかかい》さを放置しておけば後々問題になるかもしれないだろう」

ニーナに言われ、フェリが黙《だま》る。

「ま、とりあえず今日はここら辺にしようぜ。日も落ちるし、明るい内にあちらさんと合流した方がいいんじゃね？」

すでに日は暮《く》れようとしていた。

「第五小隊から連絡《れんらく》です。合流地点の指示《しじ》が来ました」

「そうだな。では、今から向かうと伝えてくれ。……移動《いどう》するぞ」

フェリが座標《ざひょう》を言い、レイフォンたちは移動を開始する。

後方を歩いていたレイフォンは、ふと足を止めた。

むせ返る腐臭《ふしゅう》の中にいたせいか、それともあまりに都市が静か過《す》ぎるためか、舞《ま》い降《お》りる夜の帳《とばり》とともに、さらに嫌《いや》なものが都市に覆《おお》いかぶさろうとしているかのように思えた。

†

第五小隊が見つけた泊《と》まる場所は都市の中央近くにある武芸者《ぶげいしゃ》たちの待機所だった。

「電気はまだ生きていたんだな」

ニーナが感心した様子で入り口前の廊下《ろうか》から駐留《ちゅうりゅう》所内を見回した。

「機関は、微弱《びじゃく》ですがまだ動いています。セルニウム節約のために電力の供給《きょうきゅう》を自律《じりつ》的に切っていたのではないかと」

フェリは答えながら天井《てんじょう》から静かに流れてくる空調の風を体に浴びせていた。

照明よりもありがたかったのはこの空調だ。都市中を侵蝕《しんしょく》していた腐敗臭も、フェリたちが辿り着いた頃《ころ》には建物の外へと追い出してくれていた。

フェリが第五小隊からの通信を受け取る。

「隊長、ルッケンス隊長から部屋割《わ》りのことで話があると」

「わかった、行って来る」

ニーナを送り出すと、フェリは一人になった。レイフォンとシャーニッドは周囲の安全確認《かくにん》をもう一度行っている。

手持ち無沙汰《ぶさた》に空調からの風を浴びていると、入り口から誰かが入ってきた。

「あ……」

「……あ」

入ってきたシャンテがフェリを見て嫌《いや》な顔をし、フェリもまた瞳《ひとみ》を冷たく細くした。レイフォンたちと同じように周囲の確認をしてきたところなのだろう。

睨《にら》み合いは一瞬《いっしゅん》。火花が弾《はじ》け飛ぶのを見たような気がした。

なぜこうも嫌《きら》われているのかがよくわからない。だが、悪意を気楽に流してやるほど自分ができた人間だとも思っていないフェリは、真っ向から受けて立った。

重晶錬金鋼《バーライトダイト》はこの都市に来てから常時復元状態《じょうじふくげんじょうたい》で、念威端子《ねんいたんし》は駐留所を中心に周囲に散らばっているが、防衛《ぼうえい》用に数個《こ》は常《つね》にフェリとともにある。

それだけあれば、目の前のシャンテとやりあうには十分だろう。

念威繰者《そうしゃ》の能力《のうりょく》はただ情報《じょうほう》を収集《しゅうしゅう》、解析《かいせき》するだけではない。それをこの小生意気な女に見せ付けてやるのも悪いことではない。

そこまで考えていたのだが、シャンテは剣帯《けんたい》の錬金鋼《ダイト》には手を付けず、そのままフェリの横を通り抜《ぬ》けようとする。

「おい」

真横に来たときに声をかけられた。

「お前、あいつがどんな奴《やつ》か知ってんのか？」

その言葉が、フェリの体を強張《こわば》らせた。

「なんのことでしょうか？」

「……本気で言ってんの？　それとも、知らん振《ふ》りか？　あの一年生がどんな奴か知ってんのかって、あたしは聞いてんだ」

耳元にだけ届《とど》くよう声をひそめているけれど、そこに宿った怒《いか》りは隠《かく》しようもない。

「………………」

「ふん、知ってて使ってんだ。だとすると、当たり前に会長もだな」

「なんのことかわかりませんが？」

「あんな卑怯者《ひきょう》を使うなんて……そこまで見境《みさかい》なくやらないといけないくらいあたしらは信用がないって言うのか？」

見えない殺気が刃《やいば》の形になってフェリの喉元《のどもと》に突《つ》きつけられたようだった。その赤い髪《かみ》とあいまってか、それは燃え盛《さか》る炎《ほのお》のようなイメージが付きまとう。

かたやフェリは表情《ひょうじょう》を氷のように固めて、シャンテの瞳《ひとみ》を見据《みす》えた。

「なんだよ？」

「……二年前の自分たちの無様《ぶざま》を棚《たな》に上げて、他人をどうこう言うのはやめた方がいいですよ」

「なっ！」

剣帯に手を伸《の》ばしたシャンテを、フェリは変わらぬ氷の表情で見つめ続けた。

「あなたたちが弱くなければ、あの人は一般《いっぱん》教養科の生徒としてツェルニを卒業することができたのです。それができない今が、あなたたちの未熟《みじゅく》さの証《あかし》でしょう。守護《しゅご》者たりえない武芸《ぶげい》者なんて、それこそ社会には不要です。顔を洗《あら》って出直してきなさい」

「なっ、こっ……て、てめぇ……」

シャンテが怒《いか》りでぶるぶると震《ふる》え、その手が錬金鋼を抜き出す。

だが、起動鍵語《けんご》を唱《とな》えるよりも早く、その場を制《せい》する声が廊下《ろうか》に響《ひび》いた。

「そこまでにしろ」

「ゴルっ!?　でもっ！」

「ここで諍《いさか》いを起こすな」

「むうううううううううっ!!」

振り上げた錬金鋼を叩《たた》きつけるように剣帯に戻《もど》すと、シャンテはゴルネオの太い足を殴《なぐ》りつけて奥《おく》へと歩いていった。

その一撃《いちげき》を平然と受け止めつつ、ゴルネオはフェリに詫《わ》びた。

「すまんな、うちの隊員が迷惑《めいわく》をかけた」

「……いえ」

深く深呼吸《しんこきゅう》しながらそう答える。鼻の奥《おく》にたまった怒りをゆっくりと飲み下しながらゴルネオの巨軀《きょく》を見上げた。

「だが、あれは隠《かく》さざる俺《おれ》の疑問《ぎもん》だ。あいつは、俺の気持ちを代弁《だいべん》したに過《す》ぎない」

「……あなたは、グレンダンの出身でしたか」

「そうだ。ゴルネオ・ルッケンス。グレンダンの天剣授受者《てんけんじゅじゅしゃ》、サヴァリス・ルッケンスの弟だ」

「……そうですか。なら、さきほどの言葉はわたしの偽《いつわ》らざる気持ちです。決して兄と意見が同じというわけではありません」

「承知《しょうち》した。あいつに関してのことはあくまでも俺個人《こじん》の思いだということを承知しておいて欲《ほ》しい」

「……あなたも納得《なっとく》していないということですね」

「納得できるはずもない」

言って、ゴルネオはシャンテの後を追った。

「……不快《ふかい》です」

誰《だれ》にも聞こえないように、フェリは小さく呟《つぶや》いた。

†

部屋の割《わ》り当てを決め、ニーナとだけ簡単《かんたん》な打ち合わせを済《す》ませると、第五小隊の連中はそれきり第十七小隊に関わろうとはしなかった。割り当てられた部屋も彼らとはだいぶ離《はな》されている。

第十七小隊が使っている応接《おうせつ》室に、食欲《しょくよく》をそそる匂《にお》いが漂《ただよ》っていた。

「いや、しかし、レイフォンが飯《めし》作れてよかった」

熱い茶を飲み干《ほ》し、シャーニッドが満足げにソファに背《せ》を預《あず》けた。

電気も通り火も使えるのならばと、レイフォンは食料品店からまだ使えるものを探《さが》し出して調理したのだ。

「イモ類はともかく、青野菜系《けい》は全滅《ぜんめつ》でしたけどね。後は養殖《ようしょく》場の魚が生きてたからよかった」

簡単に済ませたのだが、冷たい携帯《けいたい》食料を食べるぐらいならばと用意したのが意外に好《こう》評《ひょう》なようで、レイフォンも自然、表情《ひょうじょう》がほころぶ。

「ふむ……これなら、問題ないかな？」

「なにがです？」

レイフォンが聞き返すのに、ニーナが「うん」と頷《うなず》いた。

「鉱山《こうざん》での補給《ほきゅう》は早く見積もっても一週間はかかるだろう。その間は学校も休みになる。これを機会に強化合宿をやりたいと思っていたんだ」

「へぇ、合宿ねぇ」

シャーニッドが乗り気ではない声を出した。

「これまでの対抗《たいこう》戦で報奨金《ほうしょうきん》もいくらか貯《た》まったからな、隊の予算に余裕《よゆう》ができたのもある。生産区域《くいき》にいいところがあるそうだからな。そこでじっくりとやるつもりだったんだが、食べ物が問題だったんだ」

「あそこら辺じゃ、店もないか」

「ああ。あいにくと、わたしは作れん」

「おれも無理」

フェリは無言を通したが、彼女の腕《うで》を知っているレイフォンはなにも言わなかった。

「そういうわけで、誰か料理のできる友人に頼《たの》もうと思っていたんだが、レイフォンができるのなら問題は解決《かいけつ》かな」

ニーナがほっとした顔でカップに残ったお茶を見つめた。

レイフォンは頭の中でメイシェンを思い浮《う》かべていた。彼女の料理の腕ならレイフォンよりも喜ばれることだろうと思ったのだが、人見知りの激《はげ》しい彼女が、レイフォンがいるとはいえ第十七小隊の合宿に一人できてくれるはずもない。そうなるとナルキやミィフィも呼《よ》ばなくてはいけなくなる。

しかしそうなると、ナルキの勧誘《かんゆう》を考えているニーナがおとなしくしているとも思えない。

ナルキがどう思っているかわからないけれど、ニーナが態度《たいど》をはっきりとさせるまではメイシェンたちをうかつに小隊に関わらせるのはやめたほうがいいかもしれない。

（黙《だま》っているしかないか）

しかし、合宿ともなると栄養のことも考えないといけなくなる。リーリンに手紙で指摘《してき》されている通り、そういうバランスを考えるのは苦手なのだ。

どうしたものかと考えつつ、レイフォンは食器を片付《かたづ》けた。

食器を片付けている間にシャーニッドが去り、フェリもあてがわれた自分の部屋へと行ってしまった。

「すまないな、お前一人にやらせて」

一人残っていたニーナがそう詫《わ》びる。

「いえ、慣《な》れてますから」

「すまないついでに、少しいいか？」

「なにか？」

「ちょっと話がある」

「それなら、お茶を淹《い》れなおしてきますよ」

新しいお茶を淹れ、レイフォンはソファに座《すわ》った。

「さっきの話聞いていたな？」

レイフォンはすぐに察することができた。

「……ということは、先輩《せんぱい》も」

「ああ。……あれは、わたしに対する警告《けいこく》だな」

「僕《ぼく》に対しても、でしょうね」

フェリとシャンテが睨《にら》み合っていた時、レイフォンとシャーニッドは入り口前にまでやってきていた。

シャーニッドも聞いていたのだが、その時の彼はとくになにかを言うわけでもなく、肩《かた》をすくめただけで済《す》ませてしまっていた。

「覚えていたか？」

「サヴァリスのことは覚えていますよ。弟がいたというのは覚えていません。でも、聞いたことがないですけど、いたとしても不思議な話でもないですよ。ルッケンスは、グレンダンでは有名な武芸《ぶげい》者の家系《かけい》ですし」

「そうか」

「それに……」

「……なんだ？」

「いや……」

ルッケンスなら、ゴルネオがレイフォンに敵意《てきい》を抱《いだ》いているのは、あれのことだけではないような気がした。

しかし、それを言うべきなのかどうか……

「レイフォン」

「……はい？」

「言いづらいのはわかるが、わたしはもうお前の過去《かこ》を知っているし、隊長でもある。わたしはどんな時でもお前の味方だと、もう腹《はら》を決めている」

「隊長……」

「お前は確《たし》かに武芸者としてはやってはいけないことをした。たとえどんな理由があったとしても、お前のやったことが許《ゆる》されるわけではない」

（気付かせてはいけないのだよ）

また、あの言葉を思い出した。

陛下《へいか》に言われた言葉だ。

レイフォンのやっていたことがグレンダンに大々的に知れ渡《わた》った中、レイフォンは陛下に打ちのめされ、床《ゆか》に這《は》いつくばったままでその言葉を言われた。

ニーナの言葉が過去へといってしまったレイフォンを引き戻《もど》す。引き戻されながらもレイフォンの半分は過去の中にいた。

「お前を知らない者は誰も、そしてお前を知る者だって許さないと言う者は大勢《おおぜい》いただろう」

味方はリーリンだけだった。孤児院《こじ》でレイフォンを英雄《えいゆう》のような目で見ていた子供《こども》たちも、レイフォンを憎悪《ぞうお》の目で見るようになった。

世界はあっというまに逆転した。

「知られてしまえば、お前はツェルニでも同じことになるかもしれない」

世界を見て来い。グレンダンの女王、アルシェーラ・アルモニスはそう言った。しかし、どこに行ってもきっと、その過去は付いて回るのだ。カリアンが知っていた。そしてサヴァリスの弟を名乗るゴルネオがいた。都市社会は閉鎖《へいさ》されているとはいっても、人の流れは存在《そんざい》する。なら、どこの都市に行ったとしても、レイフォンの過去はまるで暗闇《くらやみ》の中を歩き回るように、どこかに身を潜《ひそ》め足を引っかける機会を待っていることだろう。

「しかし、わたしはお前の味方をすると決めた。決めた以上、誰が敵に回ろうと、わたしが敵になることはない」

「先輩《せんぱい》……それはやめてください。そんなことをしたら、先輩だって危《あぶ》ない」

リーリンが味方をしてくれたことは嬉《うれ》しかったが、そのことすらも心苦しかった。いまは園を出て区画の違《ちが》う学校にいることで平和に暮《く》らせているようだけれど、あの当時はレイフォンのそばにいるリーリンに危害《きがい》を加えようとする者もいたぐらいだ。

「馬鹿《ばか》を言うな」

そのことを言うと、ニーナは笑った。

「そんなことを恐《おそ》れるぐらいなら、お前を隊に残してなどいるものか」

その笑顔がレイフォンの過去に浸《ひた》ったままだった半身を引き上げた。

引き上げられながら、リーリンもこうして笑っていたなと思い出した。

「どうかしたか？」

窺《うかが》うニーナの視線《しせん》に、レイフォンはゆっくりと全身を現実《げんじつ》に馴染《なじ》ませた。

「いえ、僕はどうもだめだなと思っていたんです」

「ん？」

「自分一人で何かを決めようとすると、いつも悪い方向に行ってしまう。気分も考え方も、なにもかもです」

「一人で何でも片付《かたづ》けようとするからだ。……まぁ、わたしも他人のことを言えたものではないがな」

思い悩《なや》んで一人で特訓した挙句《あげく》に入院するはめになったことを思い出している様子のニ

ーナをレイフォンは見つめる。

「なんだ?」

「先輩がいてよかったと思いますよ」

「な、なんだいきなり」

「本当にそう思います」

話そう。真っ赤になったニーナを見ながら、レイフォンは思った。

ニーナには隠《かく》しごとなど一つもなくなるよう全てを話そう。

グレンダンであった全てを。

そうすることが、きっと彼女への最大限《げん》の信頼《しんらい》の証《あかし》となるはずだから。

そう考えて、レイフォンは言葉を紡《つむ》いだ。

†

ニーナと別れ、レイフォンは間を置かずドアの前に立っていた。

息を吐《は》き、肩《かた》に載《の》っていた緊張《きんちょう》を払《はら》って、レイフォンはドアをノックする。

「……はい」

しばらくの間を置いて、不機嫌《ふきげん》な声がドアの向こうから返ってきた。

「あの……レイフォンです」

部屋の鍵《かぎ》が開き、フェリの冷たい瞳《ひとみ》がドアの隙間《すきま》からレイフォンを見上げた。

「ちょっと、いいですか？」

「どうぞ」

ドアが開かれ、フェリが身を引くとレイフォンは部屋の中へと入る。

部屋は駐留《ちゅうりゅう》所にある仮眠《かみん》室なだけに、広くはない。二段《だん》になったベッドが二つ置かれているだけで窮屈《きゅうくつ》だった。それでも数だけはあるのでレイフォンたちは一人一部屋ずつもらえた。一晩《ばん》だけのことなのでそれほど贅沢《ぜいたく》を言うこともないというのがニーナの意見だったのだが、それに反対したのはシャーニッドで、フェリも言葉少なにだが同意を示《しめ》し、こういう形になった。

フェリにしたら、ニーナと同じ場所に、しかも二人きりで長くいたくなかったのかもしれない。

「盗《ぬす》み聞きは感心しません」

ドアを閉《し》めるなり、そう言われた。

「すいません」

すでにフェリは用件《ようけん》を心得ていた。レイフォンは頭を下げるしかなかった。

「まぁ、あんなとこであんなことを言い出すあの二人の方がどうかしているのだと思いますけど」

「先輩にも……」

「フォンフォン……」

「ごほん……フェリにも迷惑《めいわく》をかけてしまって……」

「ほんと、イライラします」

フェリの呟《つぶや》きに、レイフォンは視線を上げた。

「誰《だれ》のせいでわたしたちがこうしていると思っているのか、あの人たちは本心から理解《りかい》していない。それがイライラします」

「まだ、嫌《いや》ですか？」

「当たり前です」

この間の老性《ろうせい》体の戦いで、フェリは自分の実力をニーナに知られてしまっていた。都市の外で一日以上の距離《きょり》を開けても十分にサポートできるほどの念威《ねんい》繰者《そうしゃ》は、フェリをおいて他にはいないだろう。

あれから、ニーナはフェリに訓練の時などにあれこれ言うのを控《ひか》え始めた。

それがどういうことなのか、レイフォンはまだニーナに真意を聞いてはいないが、呆《あき》れて見放したという様子ではない。レイフォンと同じように、フェリにもなにか理由があるのだろうと、それを聞き出す機会を探《さぐ》っているように見えた。

フェリもまたニーナの気持ちを察しているのか、極力二人きりになるのを避《さ》けているように見える。

「……それでも使ってしまう自分にもイライラします」

フェリが細くため息を吐《つ》いた。

「フェリ？」

「フォンフォン、わたしたちは、もうどうしようもなくこういう生き物なのかもしれないと考えてしまうんです」

向かいのベッドに腰《こし》かけたフェリがいつもよりもいっそう小さく見えた。それだけでなく、いつものどこか超然《ちょうぜん》とした様子はなりを潜《ひそ》め、疲労《ひろう》の濃《こ》い影《かげ》を漂《ただよ》わせているのも見えて、レイフォンは息を呑《の》んだ。

「念威を使うのは念威繰者にとっては、それこそ息をするのと同じくらいに当たり前にできることです。それを我慢《がまん》することに少し疲《つか》れました」

「それでも、嫌なんでしょう？」

「当たり前です」

そう言い放った時のフェリはいつもの様子に戻《もど》ったのでレイフォンは安心した。

しかし、それもやはり一瞬《いっしゅん》……

「フォンフォン……どうしてわたしたちは人間ではないのでしょう？」

その言葉に、レイフォンは答える言葉を持っていなかった。

（気付かせてはいけないのだよ）

陛下《へいか》の言葉が頭の中をよぎる。

（気付かせてはいけないのだよ。我々《われわれ》武芸《ぶげい》者や念威繰者が〝人間〟ではないということを、人類に、本当の意味で、気付かせてはいけないんだ）

舞《ま》い降《お》りたその言葉は、体の痛《いた》みよりもレイフォンを打ちのめした。

「わたしたちは……」

そう呟《つぶや》いた後で、フェリがはっと顔を上げる。

「フェリ？」

「外、南西二百メルに生体反応《はんのう》。ただの家畜《かちく》ではありません！」

「っ！」

レイフォンの反応は早い。

内力系活剄《けいかつけい》を全身に疾走《しっそう》させ、錬金鋼《ダイト》を剣帯《けんたい》から摑《つか》み出すと一陣《いちじん》の風となって窓《まど》を突《つ》き破《やぶ》った。

都市の明かりはどこにもなく、星明りだけが淡《あわ》く都市を包む中、レイフォンは夜気を切り裂《さ》いてフェリの示《しめ》した方向に向かいつつ錬金鋼《ダイト》を鋼糸状態《こうしじようたい》で起動。鋼糸を先行させる。

蜘蛛《くも》の糸ほどに細い鋼糸は夜の中に潜《もぐ》り込《こ》んだまま、目的の場所に先に到達《とうたつ》。フェリの発見した生命体の存在《そんざい》を感知した。

逃《に》げる様子はない。まるでレイフォンを待っていたかのようだ。

「なんだ？」

辿《たど》り着く。地面に降《お》りたレイフォンは夜の中からぼんやりと姿《すがた》を浮《う》かばせる四足の獣《けもの》を見た。

雄々《おお》しいまでに放射状《ほうしやじよう》に伸《の》びた角を生やした、それは黄金色の牡山羊《おやぎ》だった。

04 湧《わ》く水の黒さ

あの日のことは、忘《わす》れようとしても忘れられない。レイフォンにとって運命の分岐点《ぶんき》であったように、リーリンにとっても変わることがないと思っていた日常《にちじょう》が終焉《しゅうえん》を迎《むか》えた、幕引《まくひ》きの舞台《ぶたい》だったのだから。

その日は、なにも悪いことなんて起きそうにないぐらいの晴天だった。紅《くれない》の塔《とう》の前にある闘技場《とうぎ》は雨天用の屋根を開き、眩《まぶ》しい陽光を張《は》り替《か》えられたばかりの真新しい石畳《いしだたみ》が反《はん》射《しゃ》させていた。

天覧席《てんらん》を覆《おお》う薄幕《うすまく》の向こうには女王アルモニスらしき影《かげ》が見え隠《かく》れし、十一人の天剣授《てんけんじゅ》受者《じゅしゃ》たちがその前に立っていた。

十二人目は、闘技場の真ん中にいた。

「ヴォルフシュテイン！」

すでに天剣を復元《ふくげん》しじっと瞑目《めいもく》している年少の天剣授受者に、観客席からの歓声《かんせい》がどっと降《ふ》り注いでいる。

その姿を、リーリンは観客席から園の子供たちと一緒《いっしょ》に見下ろしていた。心配げに、祈《いの》るように両手を組んだ妹や、拳《こぶし》を握《にぎ》り締《し》めてわくわくした様子の弟たちが口々に「お兄ちゃん」と口にしている。大声であり、細い声だった。リーリンは弟妹《ていまい》たちの様子をひとしきり確認《かくにん》してからレイフォンに改めて視線《しせん》を向けた。

今日は天剣争奪《そうだつ》戦だ。

天剣授受者は常《つね》に十二人と決められている。その十二人の枠《わく》の中に入るには、天剣授受者の誰かが死亡《しぼう》し、その座《ざ》を奪《うば》い合うトーナメント戦と、その年に最高の成績《せいせき》を残した武芸者が天剣授受者の誰かを指名して行われるものとがある。

今日は後者だった。

闘技場にはまだ挑戦《ちょうせん》者の姿はない。

天剣争奪戦では、常に現《げん》天剣授受者が先に闘技場に立つのが慣《なら》わしだった。

観客席の後ろの方にいるリーリンからではレイフォンの様子はよくわからなかったが、設置《せっち》されたモニターには瞑目して時を待つレイフォンの姿が映《うつ》っている。

モニターに映る同い年の血の通わぬ家族の横顔には、落ち着いた静けさが宿っていた。

それだけに、リーリンは胸《むね》の内でざわざわと騒《さわ》ぐものを抑《おさ》えられなかった。

ここ数日、レイフォンがなにかに悩《なや》んでいたのをリーリンは知っていた。家族の前ではいつもどおりなのだけれど、ふとした瞬間《しゅんかん》に影が差すのをリーリンは見逃《みのが》さなかった。なにか悩んでいる様子だったけれど、それをリーリンに打ち明けてくれることはなかった。

聞こうと思ったけど、聞けなかった。

普段《ふだん》どおりに振舞《ふるま》いながら、リーリンと二人きりになるのをレイフォンはそれとなく避《さ》けていた。

なんとか二人きりになれたのは昨日の夜だった。

眠《ねむ》れなくて、台所で水を飲もうと起きると、廊下《ろうか》から庭にいるレイフォンの姿が見えた。リーリンは台所に行くのをやめて庭に出た。

「レイフォン」

「起きてたんだ」

背後《はいご》から呼《よ》びかけても驚《おどろ》いた様子はなかった。きっと、リーリンが廊下にいる時から気付いていたんだと思った。

「ちょっとね」

「うん、なんか寝付《ねつ》けなくて。レイフォンも？」

「もしかして、明日の試合に緊張《きんちょう》してるとか？」

「そうだね。相手はルッケンスで鍛《きた》えられてるから。間近で天剣授受者《てんけんじゆじゆしや》を見て育ってる分、他の連中よりもやりにくいだろうね」

言葉は乾燥《かんそう》していた。レイフォンの心配は、眠れない理由はこれじゃないんだと、リーリンにはすぐにわかった。

「でも、負ける気はしてないんだよね」

「当たり前だよ」

ほらやっぱり。

他のことではまるで弱気で優柔不断《ゆうじゆうふだん》なくせに、武芸《ぶげい》のことになると自信満々で傲慢《ごうまん》で嫌《いや》な奴《やつ》になる。

そのせいで、園の外では友達なんてほとんどいない。

なぜなら、園の外ではレイフォンは武芸者で天剣授受者のレイフォン・ヴォルフシュテイン・アルセイフだから。

弟妹たちに引っ張《ぱ》りまわされてあたふたしている姿《すがた》なんて誰も知らない。泣き止《や》まない赤ん坊《ぼう》を抱《かか》えてぐるぐる歩きまわってる姿や、何にも考えないで弟妹たちのリクエストに応《こた》えて甘《あま》いものばっかり作ってリーリンに怒《おこ》られている姿なんて知らない。

誰も知らない。園の外でレイフォンに会う人たちは、才能《さいのう》を鼻にかけた嫌な奴ぐらいにしか思ってない。

誰も知らないんだ。熱を出して寝込んだリーリンを徹夜《てつや》して看病《かんびょう》してくれたことや、諦《あきら》めていた進学のお金をレイフォンが用意してくれたことを。怒っているリーリンの後ろで子犬みたいにうろうろしてる姿を、うれしい時にも泣きたい時にもずっと一緒《いっしょ》にいてくれることを。

誰も誰も、レイフォンを知らない。

リーリンにはわかる。レイフォンのことならなんでも。

だから。

「すぐに終わらせる」

そう言って、レイフォンが笑い……

「明日はきっと、つまらない試合になるよ」

笑みを収《おさ》めた後に走った凄惨《せいさん》な影《かげ》は、きっとリーリンにしか気づくことができないものだったに違《ちが》いない。

「挑戦《ちょうせん》者、ガハルド・バレーン！」

進行役がその名を告げた時、モニターの中のレイフォンが目を開けた。

ひどく冷たい顔をしている。園では絶対《ぜったい》に見られない顔、天剣授受者《てんけんじゆじゆしや》の顔をしていた。

モニターが闘技場《とうぎ》に現《あらわ》れた挑戦者の姿を映《うつ》す。

ガハルド・バレーン。

天剣授受者サヴァリス・ルッケンスと同門で、すでに復元《ふくげん》された錬金鋼《ダイト》は手甲《てっこう》と脚甲《きゃっこう》の形を取っていた。

ルッケンスの家系《かけい》は代々武芸者を生み出す武門と呼《よ》ばれる家系で、同時に優《すぐ》れた格闘《かくとう》術《じゅつ》を伝えていた。ガハルドはそのルッケンスで鍛えられている。

ルッケンスから同時期に二人の天剣授受者が出るかもしれないと、試合前から話題になっていた。

袖《そで》のない上着から伸《の》びる腕《うで》はしなやかそうな筋肉《きんにく》に覆《おお》われている。しかもかなりの長身で、レイフォンの前に立つと大人と子供の体格差がはっきりと見てとれた。

モニターに映る彫《ほ》りの深い顔立ちには余裕《よゆう》すらもうかがえた。

「お兄ちゃん、勝つよね？」

「大丈夫《だいじょうぶ》よ」

心配げな妹の頭に頬《ほお》を寄《よ》せる。

「レイフォンは負けないよ」

勝敗の心配はしてなかった。それよりも昨夜のあの表情《ひょうじょう》が気になる。

(レイフォン、なにをする気なの?)

なにかをする気なのだ。

でも、それがなにかはリーリンにはまったく予想がつかない。

レイフォンのことならなんでもわかると思っていたのに、なにをする気なのかがわからない。

ただそれは、レイフォンが思い悩《なや》んで決意しないといけないようなことだったはずだ。

そんなレイフォンのことをわかってあげられない自分が、リーリンはとても腹立《はらだ》たしく、不安だった。

「はじめっ!」

進行役が開始を告げる。

ガハルドが構《かま》える。

レイフォンが剣を持ち上げる。

次の瞬間《しゅんかん》、試合は終わった。

光が闘技場を押《お》し包んだ。空気が震《ふる》え、地響《じひび》きが鳴り渡《わた》った。闘技場全体が揺《ゆ》れて、リーリンは近くの弟妹たちを抱きしめてしゃがみこんだ。悲鳴がリーリンの頭上を走り回っていた。混乱《こんらん》がリーリンの心に入り込《こ》もうとしていた。

静寂《せいじゃく》はすぐにやってきた。

空気が押し黙《だま》ったのに気付いて、リーリンは顔を上げた。なにがどうなったのか、リーリンはモニターを見て確認《かくにん》しようとしたけれど、砂嵐《すなあらし》だけのモニターからはなにもわからなかった。

直接《ちょくせつ》、闘技場を見る。

無造作《むぞうさ》に剣を振《ふ》り下ろした格好《かっこう》のレイフォンが闘技場の真ん中にいた。新品だった石畳《いしだたみ》はレイフォンを中心に砕《くだ》けてその下にあった地面も大きく抉《えぐ》れていた。

ガハルド・バレーンは、砕けた石畳と飛び散った土砂《どしゃ》に紛《まぎ》れるように闘技場の隅《すみ》に転がっていた。

「うおっ……あっ……」

静まり返った闘技場に、ガハルドの掠《かす》れた声が寒々しく流れた。咳《せ》き込みながらうめき、血の塊《かたまり》を吐《は》き出していた。震えながら土砂をのけて現《あらわ》れた左腕《ひだりうで》は震えているようだった。

その手が右腕に向けられる。

「ああ……ああああああ……」

呻《うめ》きとも絶望ともつかない声が流れ続ける。

ガハルドの右腕がなかった。肩《かた》の付け根からごっそりと失われ、溢《あふ》れる血が地面を濡《ぬ》らしていた。

「あ、あああああ……ああああああ……」

モニターが蘇《よみがえ》った。

「あああああああああああああああああああああああああああああああああっ!!」

ガハルドの絶叫《ぜっきょう》が響《ひび》く中、モニターに映ったレイフォンの横顔は変わらぬ冷たい表情なのに、どこか途方《とほう》にくれているようでもあった。

それもまた、リーリンにしかわからないことだった。


翌日《よくじつ》、天剣授受者《てんけんじゅじゅしゃ》レイフォン・ヴォルフシュテイン・アルセイフは、ガハルド・バレーンの告発によってその罪《つみ》がグレンダン中に知れ渡《わた》ることになる。

その告発は、闘技場《とうぎ》にいた全ての人々にとって絶好《ぜっこう》の機会となりかけた。

†

あの日のことを良く思い出すようになった。レイフォンに関係することといえば、思い出すのはどうしてもあの日の、あの試合のことになってしまう。レイフォン・ヴォルフシュテイン・アルセイフが、ただのレイフォン・アルセイフに戻《もど》ったあの日。ずっと一緒《いっしょ》にいたレイフォンのことがわからなくなったあの日。

どうしてこんなことになったのかと思わないでもない。でもそれで、誰《だれ》かを恨《うら》むなんてできない。レイフォンを恨むことも、父を恨むこともできない。

誰が悪いとか、そんなことも考えたくない。

原因《げんいん》を『どこに』ではなく『誰か』に求めたら、自分の中にもあったはずの原因の欠片《かけら》をも見ない振《ふ》りをしてしまいそうだから。

それはきっと、自分が楽をしたいだけのものでしかないはずだから。

なにもない日々がしばらく続いていた。

グレンダンが汚染獣《おせんじゆう》に襲撃《しゆうげき》されることもなく、リーリンの周りでこれ以上の変化が起きることもなかった。

サヴァリスやリンテンスの気配をリーリンは感じることもなく、シノーラとの疲《つか》れるけれど楽しいやりとりをしながらの学校生活は、すでに平凡《へいぼん》と化した日常《にちじよう》生活の流れにたゆたっているような、そんな気分をリーリンにさせた。

守る、とサヴァリスたちは言っていた。

なにから……？

答えを知らないままというのは気持ち悪い。だけど、それはきっとリーリンのためというわけではないだろう。彼ら天剣授受者が一般《いっぱん》市民の単なる一個人《こじん》であるリーリンのためになにかをするというわけがない。

そこにはきっと、都市のためになることがあるに違《ちが》いない。

しかし……では、それはなんなのだろう？

ここ数日、ずっと考えていたのだが答えは出なかった。

夕暮《ゆうぐ》れの町並《な》みを駆《か》け抜《ぬ》けた気合の声に、リーリンは顔を上げた。

背《せ》の高い鉄柵《てっさく》に囲われた敷地《しきち》の中に平屋の建物がある。声はそこからしていた。気合の声はいくつもが重なり、ぶつかり合っている。模擬剣《もぎけん》が火花を散らす音もして、リーリンは硬くなっていた表情《ひょうじょう》を柔《やわ》らかくした。

敷地の門をくぐって中に入る。扉《とびら》を開ければ、押し込められていた音が一気にリーリンの体にぶつかった。

中の光景はグレンダンにいくつもある道場で当たり前に見ることのできるものだった。

模擬剣《かま》を構えた男女が防具《ぼうぐ》を着けて打ち合っている。時に、一般人のリーリンにはまるで見えない動きで打ち合っていることもあり、道場内を吹《ふ》き荒《あ》れる風が髪《かみ》を掻《か》き乱《みだ》した。

リーリンは道場の壁《かべ》に沿《そ》うように奥《おく》にある見所《けんぞ》へと向かった。

見所から道場の様子を眺《なが》めていた人物がリーリンの姿《すがた》を認《みと》めて、軽く頷《うなず》いた。短い髪に白いものが混じり始めた初老の男性《だんせい》だ。

リーリンも頷き返し、別の扉を抜《ぬ》けて道場のさらに奥へと入っていった。

「さて……と」

奥には応接《おうせつ》室の他に手狭《てぜま》だが生活できる空間がある。リーリンは台所に入って冷蔵庫《れいぞうこ》の中身を確認《かくにん》すると、買い足すものを頭の中にメモしていき、鍵《かぎ》と買い物袋《ぶくろ》を持って、今度は裏口《うらぐち》から外に出た。

近所の商店街で買い物を済《す》ませ、台所に戻ると夕食の準備《じゅんび》を始める。

鍋《なべ》からいい匂《にお》いが漂《ただよ》い始めた頃《ころ》には道場からの音が止み始め、テーブルに皿を並《なら》べ始めた頃には道場から外へと出て行く人たちの足音がし、盛《も》り付けが終わった頃に台所に人が入ってきた。

「お疲《つか》れ様、お父さん」

「うむ」

見所にいた初老の男性が言葉少なに答え、テーブルに着く。

デルク・サイハーデン。リーリンの養父だ。

「お弟子《でし》さん増《ふ》えた？」

「うむ」

「そっか。じゃあ、なんとかなりそうだね。あ、役所から手紙来た？」

「うむ」

「そ、じゃあ後で見るね」

カチカチと食器の鳴る音だけが台所に拡散《かくさん》していく。デルクはもとからあまり喋《しゃべ》らないからそれは仕方ないのだが、それでも、この静けさはリーリンに違和感《いわかん》を覚えさせる。

前は、デルクが喋らなくても周りがうるさかった。

多くの姉がいて兄がいた。弟と妹たちがいた。たくさんの兄弟たちとテーブルを囲んで、戦争のようにやかましく食事をしていたものだ。

養父は孤児《こじ》院の園長を辞めた。レイフォンの出身ということで孤児院に世間の冷たい目が集中したのを回避《かいひ》するために、園長を辞めて別の人間に任《まか》せたのだ。近所の人たちはデルクの人柄《ひとがら》を知っているので直接《ちょくせつ》的な行動に出ることもなく、また道場に通ってくれる人たちもいるのだが、近所でない人たちにはそれは通じない。今の園長は孤児院の出身者だ。

実質的《じっしつ》な責任者《せきにん》はいまだにデルクなのだが、それでもデルク自身が孤児院に顔を出すことはなくなり、道場で暮《く》らすようになった。

リーリンは、週に一度外泊許可《がいはくきょか》をもらって養父の様子を見に来るようにしている。

「……向こうに顔は出さないのか？」

「え？」

「お前は顔を出しても問題ないだろう」

「……そういうわけにはいかないよ」

「そろそろ向こうも頭を冷やしているとは思うが」

「そうかもしれないけど。……けじめかな？　わたしはレイフォンの味方をしたんだから、他の人たちの手前、あそこにはもう近づけないよ」

「お前がそう決めているのなら、なにも言うまい」

「そういうことです」

会話を締《し》めくくり、後は食事が終わるまで二人とも口を開かなかった。

「……最近、おかしなことはなかったか？」

食器を洗《あら》っていると、デルクがいきなり尋《たず》ねてきた。

「え？」

泡《あわ》だらけの手を止めて、リーリンは振《ふ》り返った。

「おかしなことって？」

「いや……最近、時々だが奇妙《きみょう》な気配を感じてな」

「奇妙って、どう変なの？」

「どうも、説明が難《むずか》しい。人のようであって、人ではないというか……」

「なによそれ……」

笑おうとして、リーリンはうまく笑えなかった。

（もしかして……）

サヴァリスたちが狙《ねら》っているのは、その気配の主なのだろうか。

だけど、それがレイフォンと関係があるというのがわからない。

「この感覚を、知っているような気がしないでもない。しかし、それとはまったく別物のような気もする。なんなのだ……これは……」

呟《つぶや》きながら、デルクがテーブルを立った。そのまま奥《おく》の部屋へと向かい、なにかを持って戻《もど》ってくる。

「父さん……？」

リーリンは訝《いぶか》しく父を見た。

デルクが握《にぎ》っているものは錬金鋼《ダイト》だった。

「リーリン、下がっていろ」

「……どうして」

「今夜の気配に殺気が混《ま》じった。……来るぞ」

戸惑《とまど》いながらリーリンが背後《はいご》に回ると、デルクが錬金鋼を復元《ふくげん》させる。

鋼鉄錬金鋼《アイアンダイト》の剣を下段《げだん》に構《かま》え、デルクは流し場の奥にある壁《かべ》を睨《にら》み付けた。

息の詰《つ》まる緊張感《きんちょうかん》は一瞬《いっしゅん》……

次の刹那《せつな》、轟音《ごうおん》とともに壁が崩壊《ほうかい》した。

「ぬんっ！」

デルクが剣を払《はら》って衝剄《しょうけい》を放ち、迫《せま》り来る残骸《ざんがい》を弾《はじ》き飛ばす。

夜の冷たい風がどっと流れ込《こ》んできた。

デルクの背後でしゃがみこんでしまったリーリンは、壁に開いた大穴《おおあな》を見た。

「誰……？」

破裂《はれつ》した水道管が水を振りまいている。

その奥に、人の影《かげ》があった。

敷地《しきち》を囲う鉄柵《てっさく》も切り裂《さ》けて、道路に誰かが立っているのが見える。

それがゆっくりと近づいてくる。

「…………」

デルクが無言で剣を構える。

大穴から零《こぼ》れる明かりが、その影を払った。

「……え？」

「ぬ……」

リーリンも、デルクも、明かりに照らされたその人物を見て呆然《ぼうぜん》とした。

その人物には右腕《みぎうで》がなかった。

その人物には見覚えがあった。

忘《わす》れるわけもなかった。

レイフォンの最後の試合。

そして、レイフォンを英雄《えいゆう》から咎人《とがびと》に突《つ》き落とした人物。

「なんで……」

いまになってこの人物がリーリンたちの前に現《あらわ》れるのか……しかもこんな形で。

恨《うら》んでも恨みきれない。

そしてきっと、恨むことは間違《まちが》っている人物……

「ガハルド・バレーン」

デルクが唸《うな》るようにその名を呼《よ》んだ。

†

黄金色の牡山羊《おやぎ》。

それを目の前にして、レイフォンは錬金鋼《ダイト》を剣の形に戻した。

「なんだ……これ？」

奇妙《きみょう》な感覚が体にまとわり付く。足から頭までと同じ高さにまで伸《の》びた角は無数に枝分《えだ》かれして夜の闇《やみ》を黄金色で押《お》しのけている。そして、その頭までの高さだけでレイフォンと同じぐらいはあった。

家畜《かちく》じゃない。

汚染獣《おせんじゅう》を前にしたような緊張感が湧《わ》き出してきて止まらない。それはレイフォンが培《つちか》った戦いの経験《けいけん》が呼《よ》ぶ警鐘《けいしょう》だった。

剣を構えつつ、慎重《しんちょう》に距離《きょり》を詰《つ》めていく。

黄金の牡山羊は悠然《ゆうぜん》とその場に立ち、レイフォンを見下ろしていた。

（汚染獣では、ないはずだけど……）

餌《えさ》である人間を前にした時の食欲《しょくよく》が感じられない。都市一つ分の人間を食らったのだから満腹《まんぷく》になっているのでは……とも考えられるが、それにしても、なにかが違うという感覚がずっとしている。

(どうする?)

向こうには戦う意思がないように思える。

だが、気になるのはその瞳《ひとみ》だ。

闇とも黄金とも一線を画して輝《かがや》く青い瞳は、レイフォンをずっと見つめ続けている。殺意がこもっているわけでもなく、好奇心《こうきしん》に輝いているようでもない。

ただ、静かな湖のように澄《す》んだ青がレイフォンを映している。

それが気持ち悪い。

その瞳が獣《けもの》のものとは思えないのだ。まるで獣の姿《すがた》をした人間に見られているような矛《む》盾《じゅん》。理解《りかい》不能《ふのう》なのではなく、理解できてしまいそうだからこその気持ち悪さがレイフォンに剣《けん》を強く握《にぎ》らせた。

「……お前は違うな」

低い声が、突如《とつじょ》としてレイフォンの耳に届《とど》いた。

夜そのものを震《ふる》わせたかのような低い声に、レイフォンは牡山羊から目をそらさずに辺りを探《さぐ》った。

だが、他に気配はない。

「この領域《りょういき》の者か？　ならば伝えよ」

「……喋《しゃべ》っているのは、お前か？」

レイフォンはもう一度、牡山羊を確《たし》かめた。だが、牡山羊の口は閉《と》じられている。

それでも言葉は聞こえてくる。

「我《わ》が身はすでにして朽《く》ち果て、もはやその用を為《な》さず。魂《たましい》である我《われ》は狂《くる》おしき憎悪《ぞうお》により変革《へんかく》し炎《ほのお》とならん。新たなる我は新たなる用を為さしめんがための主を求める。炎を望む者よ来たれ。炎を望む者を差し向けよ。我が魂を所有するに値する者よ出でよ。さすれば我、イグナシスの塵《ちり》を払《はら》う剣となりて、主が敵《てき》の悉《ことごと》くを灰《はい》に変えん」

「お前が喋っているのか。……お前は何だ？」

理解不能の恐怖《きょうふ》がレイフォンを貫《つらぬ》いた。周囲に気配はこの獣《けもの》しかいない。

なにかの仕掛《しか》けか？　念威繰者《ねんいそうしゃ》でも隠《かく》れているのか？

だけど、念威繰者の気配は感じられない。もしいたとしても、念威繰者の存在《そんざい》をフェリが見逃《みのが》すとは思えない。

ならばこの獣が……？

(捕《つか》まえればわかること)

思い切りをつけて、レイフォンは前へ出ようと足を動かした。

「しかと伝えよ」

牡山羊から声が降《ふ》りかかる。

(……え?)

確《たし》かに前へ踏《ふ》み出した。それなのに、どうして距離が詰められていない?

牡山羊が移動《いどう》した? しかし、確かめてみても牡山羊の位置が変わったように思えない。

「どうし……」

違和感《いわかん》があった。レイフォンはゆっくりと自分の足に視線《しせん》を下ろす。動かしたはずの足を見る。

(……そんな)

足が動いていない。

同じ姿勢《しせい》のまま、レイフォンの体は硬直《こうちょく》していた。やや腰《こし》を落とし、青石錬金鋼《サファイヤダイト》の剣を下段《げだん》に構《かま》えたまま、レイフォンの体は石のように固まって動いていなかった。

牡山羊がレイフォンを見ている。澄《す》んだ青の瞳《ひとみ》がレイフォンを映している。

（動けない……動けなかった？　僕《ぼく》が？）

勁《けい》に乱《みだ》れはない。活剄は十分にレイフォンの体に、剣に満ちている。十分だ。先日の老《ろう》性《せい》体との戦いの疲《つか》れは引きずっていない。もう一度やれと言われてもやれる。十分な体調を保《たも》っている。

なのに、どうして動けない？

（まさか……まさか!?）

混乱《こんらん》が支配《しはい》しようとしていた。牡山羊の目に映る自分が動揺《どうよう》しているように思えた。そんなはずはない。見えるはずがない。今は夜だ。たとえ映っていたとしても、いくら視力を強化したとしても、そんなものが見えるはずもない。

なのに、見える気がする。

いつのまにか、牡山羊の目の中に閉《と》じ込められたかのような圧迫感《あっぱくかん》がレイフォンを押し包んでいた。

（この僕が……呑《の》まれている？）

牡山羊の全身から溢《あふ》れ出した存在感に、レイフォンが押さえ込まれている？　そうでなければ、どうして動けないのかわからない。

「……しかと伝えよ」

牡山羊が繰《く》り返し、そう声を下ろした。呟《つぶや》いた様子もなく、まさしく天から下りてくるような響《ひび》き方だ。この声もまたレイフォンを押さえつけているように感じた。

「お前は……なんだ？」

吐《は》き出すように声を漏《も》らした。喋《しゃべ》ることすらも辛《つら》い。自分になにが起こっているのかもわからないまま、それを振《ふ》り払《はら》うために活剄の圧力を増《ま》していく。体外に漏れた活剄が地面を撫《な》で、辺りに転がった小石が焚《た》き火でもするかのように次々と爆《は》ぜていった。

「やめよ、お前が相手にしているのはお前自身よ」

声が脳天《のうてん》を打ち、意識《いしき》が一瞬《いっしゅんくら》眩んだ。それでもレイフォンは活剄を流し続ける。もはや周囲には地響きにも似《に》た音で溢れていた。

「我《われ》は道具故《ゆえ》に何者でもなし。何者でもなきものは切れまい？」

再び意識が眩む。それでもレイフォンはやめない。

自分がどうしてここまでしてこの牡山羊を切ろうとしているのか、段々《だんだん》とわからなくなってきながらも、レイフォンは活剄で全身を満たし、そして溢れさせ続けた。

まるで押さえつけられているから反発してしまうような、そんな単純《たんじゅん》な現象《げんしょう》のような気持ちになりながら活剄を溢れさせ続けた。

(動け……動け動け動け……)

念じ続ける。

念じてどうにかなるのか。いや、そんなことはどうでもいい。あともう一息、そう感じることが抵抗《ていこう》をやめないことの理由のような気がしてきて、そしてそれすらもどうでもよくなってくる。

ただ……

(危険《きけん》だ。こいつは危険だ)

そう感じるのだ。

その危険が自分の前にあるだけならいい。

しかし、もしもこれが背後《はいご》にいるニーナたちにやってきたらどうなるのか。レイフォンをここまで押さえつける存在《そんざい》だ。ただですむはずがない。

(いかせるわけにはいかない)

そのためには戦わないといけない。たとえ戦いを次に回避《かいひ》できたとしても、その時に敗北の記憶《きおく》を引きずっていてはうまく動けるはずがない。今この瞬間《しゅんかん》に奴《やつ》に一矢《いっし》報《むく》いなければ……心が折れるわけにはいかない。

「ああああっ!」

叫《さけ》んだ。声が出た。

そう感じた次の瞬間、周囲に溢れ出した活剄が爆発《ばくはつ》した。衝《しょう》剄に変じたのだ。辺りの地面を抉《えぐ》る音に背中《せなか》を押されて、レイフォンは足を動かした。

（切るっ！）

剣先で地面に線を引きながら振《ふ》り上げる。剣に満ちた剄が衝剄となって解《と》き放たれ、夜気が引きちぎられ、爆音が辺りを支配した。

「見事……」

声が、空気に溶《と》けるように尻《しり》切れに耳に届《とど》いた。

手ごたえは……なかった。

目の前に牡山羊の姿《すがた》はなかった。気配すらもどこにもなかった。

「レイフォン……フォンフォンっ！」

耳元でフェリの声がする。念威端子《ねんいたんし》がすぐそばに来ていた。

「フェリ……あれはどこにいきました？」

念威端子から、ほっと息を吐《つ》く音が聞こえたような気がした。いつから呼《よ》びかけていたのだろう？　フェリの声が聞こえなくなるぐらいに集中していたようだ。

「わかりません、いきなり反応《はんのう》が消えました」

フェリの声には戸惑《とまど》いがある。

「逃《に》げた？　いや……」

去ったのだ。

どうしてか、それはわからないけれど。

あれには敵意《てきい》がなかった。つまり、最初から戦う気なんてなかったのかもしれない。

「……僕はどれくらいこうしていました？」

辺りの状況《じょうきょう》を確認《かくにん》しながら、レイフォンは聞いた。

「一分ほどです。直《す》ぐに、隊長たちがそちらに着きます」

「一分？　たったの？」

もっと長く対峙《たいじ》していたような気がした。

吐《は》き出した剄の量が量だったためか、全身がひどく空虚《くうきょ》になったような気がする。体が重い。指先が震《ふる》えている。

いや、全身が震えている。

「なんだった、あれは……？」

いまさら恐怖《きょうふ》が襲《おそ》ってきた。剄の抜《ぬ》けた体は空っぽだ。そこに恐怖が満ちた気がして、レイフォンは全身の震えを抑《おさ》えることができなかった。

「くそっ」

剣先が震えて地面をカチカチと打つ。

ニーナたちの足音が遠くから聞こえた。

なんとか、ニーナたちが来る前に体の震えを止めることができた。

†

翌日《よくじつ》もまた、調査《ちょうさ》は続けられた。

フェリと第五小隊の念威繰者が都市中を走査《そうさ》したが、昨夜の牡山羊を見つけることはできなかった。

だが、別のものが見つかった。

「まさか、本当にこうしていたとは……な」

ニーナがため息とともに呟《つぶや》いた。

吐息《といき》に混《ま》じった複雑《ふくざつ》なものを感じながら、レイフォンもニーナと同じものを見る。

生産区の巨大《きょだい》な農場にそれはあった。

ざっと見渡《みわた》せば、遠くにはまだ十分に収穫可能《しゅうかくかのう》な野菜が青々とした葉を空に向けている。

だが、レイフォンたちの前にある畑はかき乱《みだ》され、野菜特有の腐敗臭《ふはいしゅう》が漂《ただよ》っていた。

レイフォンたちの目の前には濃《こ》い茶色をした小山がいくつも並《なら》んでいる。盛《も》り上げられた土の表面にはまだ湿気《しっけ》が残っていた。

「これは、そうなんでしょうね」

レイフォンもこれ以上はなにも言えなかった。

広大な畑の一画がこんな状態《じょうたい》になっている。

小山の大きさはまばらで、大きなもので一軒《けん》家ほど、小さなものでレイフォンの部屋ほどのものが無秩序《むちつじょ》に配置されている。

正直、雑《ざつ》な作りだ。穴《あな》を開けて放り込《こ》んで土を戻《もど》した。それぐらいのものだろう。

だが、都市一つ分の〝食い残し〟を埋葬《まいそう》するにはこれが精一杯《せいいっぱい》だったのだろうとも思う。

「……痛《いた》ましいな」

ニーナがそう呟く。さすがにシャーニッドも軽口を叩《たた》くことなく黙然《もくぜん》と小山の列を見つめるだけだった。

レイフォンも小山の列を眺《なが》める。

これだけの数の墓《はか》を作るのに、どれだけの時間がかかっただろう？　都市中の死体を捜《さが》し、運び、土を掘《ほ》り、そして埋《う》める。都市中に充満する腐敗臭から、相当な時間がかかっていることがわかる。

それだけの時間を死体と向き合って過《す》ごすのは、どんな気分になるのだろうか。

「……おいっ、なにをしてる！」

声を上げたのはニーナだった。

見ると、第五小隊の面々がどこからか見つけ出してきたスコップで小山を崩《くず》そうとしている。

「掘り返して調べる」

ゴルネオが硬《かた》い声で答えた。

「なんだと？　そんなことをする必要がどこにある？」

「……これが墓場だと決まったわけではない。それに、墓だとすれば誰《だれ》が埋めた？」

「それは……」

「昨晩《さくばん》見たとかいう獣《けもの》だとでも言うのか？　馬鹿馬鹿《ばかばか》しい。獣がそんなことをするものか」

ゴルネオの言葉に乗るように、シャンテが鼻で笑った。

「だいたい、その話だって本当かどうかわかんないじゃん。見たのも察知したのもそっちだけ。うちで確認《かくにん》できなかったんだから」

定席であるゴルネオの肩《かた》に乗ったまま、シャンテが言い放つ。

「貴様《きさま》……」

身を乗り出したニーナを、レイフォンは止めようとした。

だが、それよりも早くシャーニッドがニーナの肩を掴《つか》んで引き戻していた。

「ゴルネオさんよ。雁首揃《がんくびそろ》えて野良仕事なんてする必要もないだろ？　うちは他所《よそ》を回らせてもらうぜ」

ニーナに先んじて口を開いたシャーニッドをゴルネオが胡乱《うろん》そうに見つめた。

「……勝手にしろ」

「そうさせてもらう。……まっ、夕方にはツェルニが来るんだし、晩飯が肉料理でないことを祈《いの》らせてもらうわ」

シャーニッドの一言で、スコップを抱《かか》えた第五小隊の面々が渋面《じゅうめん》を浮《う》かべた。

「んじゃっ、そういうことで。行こうぜ」

シャーニッドに促《うなが》されてレイフォンたちはその場を離《はな》れた。

先を歩くシャーニッドの横にはニーナがいて、なにかを喋《しゃべ》っている。

なにかを言われ、おどけて肩をすくめるシャーニッドを見て、レイフォンは彼がいてくれてよかったと思った。

レイフォンにはあんな対応《たいおう》はできない。ニーナにもできないだろうし、フェリにも無理だろう。

シャーニッドがいなければ、あの言い争いはどんな風に発展《はってん》していっただろう。

「フォンフォン……」

「……先輩《せんぱい》。約束が違《ちが》いますよ」

隣《となり》のフェリにいきなりそう言われて、レイフォンは思わずニーナたちの反応《はんのう》を見た。フォンフォンなんて呼《よ》ばれているなんて知られたくない。

恥《は》ずかしすぎる。

「聞いてませんよ」

フェリは平気な顔だ。

「そんなことよりも、ちょっと屈《かが》んでください」

「はっ？」

「いいから」

フェリに強く言われて、レイフォンはしぶしぶその場に屈んだ。

「もっと低く」

背中《せなか》を押《お》さえつけられて、膝《ひざ》も曲げる。ほとんど体育座《ずわ》りに近い格好《かっこう》になった。

「なんなんです？」

「……肩が狭《せま》いですね」

「いや、普通《ふつう》だと思いますけど」

「……仕方ないですね」

なにが仕方ないいんだかと考える暇《ひま》もなく。

「え？」

背後《はいご》に回ったフェリがレイフォンの両肩に手を置いた。ぐっと肩と背中に体重がかかる。

背中に硬《かた》い感触《かんしょく》……膝か？

ぬっと、白いものが視界《しかい》の両端《りょうたん》に現《あらわ》れた。

「って……なにしてんですか⁉」

フェリの全体重が両肩にかかって、レイフォンは叫《さけ》んだ。

「仕方がないじゃないですか、肩車です」

「……なにが仕方ないんだかまるでわからないんですけど」

「いいから行ってください」

……時々、フェリがわからなくなるのは自分が悪いんだろうかと思いながら、レイフォンは立ち上がった。

「ふむ……こんなものですか」

なにかを満足しているらしいフェリに気付かれないようにため息を吐《つ》き、レイフォンは遅《おく》れた分を取り戻《もど》そうと早足で進む。

「フォンフォン、揺《ゆ》らさないでください」

「無理ですよ。子供《こども》にするのと違って、やっぱりバランスが」

「わっ」

「いたたたたっ！　髪《かみ》引っ張《ぱ》らないでくださいよ」

「だったらもう少し静かに歩いてください」

「隊長たちあんなに先行ってるんですよ」

「あの人たちが行くところなんて把握《はあく》できます」

「でも、隊長たちが心配しますよ」

「子供ですか。まったくもう……」

「とにかく、もう少ししっかり摑《つか》まってください」

「わかりました」

ぎゅっ。

「むっ」

「なにか？」

「あ、い、いえ……」

「……顔が赤いですよ」

「そ、そうですか？」

空っとぼけて答えてはみたものの、顎《あご》の下に当たる感触にレイフォンは内心で狼狽《ろうばい》していた。

（し、しまった。迂闊《うかつ》……）

フェリが両足を使ってレイフォンの首を挟《はさ》んでいるので、太ももの感触が首と顎辺りに当たるのだ。

しかも彼女はスカートで、それはレイフォンの頭の後ろでめくれている。特殊繊維《とくしゅせんい》のストッキングを穿《は》いているとはいえ、やはり薄《うす》いものでしかない。太もものふくよかで冷たい感触がダイレクトに伝わってきて、レイフォンはドギマギとした。

とりあえず平静を保《たも》ちつつ、これ以上そんな迂闊な場所に触《さわ》らないようにとブーツ越《ご》しに足を摑《つか》む。

「あ……どうやら地下施設《しせつ》に行くことに決まったようです。隊長たちは先に行くと」

こんな状態でも念威端子《ねんいたんし》での情報収集《じょうほうしゅうしゅう》に余念《よねん》はないらしい。

気が付けば、ニーナたちの姿《すがた》は建物の陰《かげ》にでも入ったのか見えなくなっていた。

ZUELL
ZUELL

「えと、どっちです？」

「あちらへ……わっ」

フェリが方向を示《しめ》そうとしてバランスを崩《くず》した。

「ととと……」

「フォンフォン、ちゃんと支《ささ》えてください」

「いや、そんなこと言われても」

「だいたい、そんな足の先なんか持ったってバランスなんかとれるわけないじゃないですか。ちゃんとしてください」

「いや、違《ちが》うんですよ。これには色々と深い理由が……」

「それはきっととてつもなく浅くて邪《よこしま》なものだから破棄《はき》してください」

「…………」

見抜《みぬ》いていらっしゃる。

しぶしぶと、レイフォンはなるべく考えないようにしながらフェリの膝《ひざ》を押さえて先を進んだ。

しばらく黙々《もくもく》と進んでいると、フェリが口を開いた。

「……昨日はすいませんでした」

「え？」

「愚痴《ぐち》ったりして、無様なところをお見せしました」

「そんなことは全然ないと思いますけど」

「いいえ、みっともないです。自分で決めたことなのにそれを守れない、自分の意志《いし》の弱さがみっともないです」

「……でも、それはやっぱり仕方ないんじゃないかとも思うんですよね」

「……え？」

「先輩《せんぱい》が言ったじゃないですか、こういう生き物なんだって。僕《ぼく》もそう思います。人間の形をしてるけど人間じゃない。隊長にも言ったことあるんですけど、武芸《ぶげい》者は人間じゃなくて、人の形をした剄《けい》っていう気体なんですよ。剄を使うことが当たり前で、それをしないなんて息をしないのと同じなんですよ。息苦しくなるんです。

……入学式であんなことをしたのは、きっとそういうことなんだろうなって。最近、やっと納得《なっとく》できました」

グレンダンでのあの事件《じけん》から、レイフォンはツェルニに来るまで剄を使わなかった。新しい生き方を見つけようと思っていた。それは武芸の道とは関係のない、普通《ふつう》の人間としての生き方だ。

「フォンフォンも向こうでは我慢《がまん》してたんですか？」

「きっぱりやめようと思ってましたし、入学とか奨学金《しょうがく》の試験とかの勉強してたら昔のように訓練する時間も取れなかったし、このままやめられればいいなって思ったんですけどね」

「でも、無理だった？」

鬱屈《うっくつ》してたものが溜《た》まっていたのは確《たし》かだ。剄脈《みゃく》のある腰《こし》の辺りがうずうずとして無性《むしょう》に暴《あば》れたかった時もある。でも、そんなものを表に出すわけにはいかない。グレンダンでは誰も彼もがレイフォンを危険《きけん》人物として見ていた。剄を使ったりすれば、それだけでレイフォンだけでなくリーリンや園に迷惑《めいわく》がかかることになりかねない。

涼《すず》しい顔で我慢をする。

そうするしかなかった。

無理だったとはまだ言いたくない。状況《じょうきょう》がレイフォンにそうすることを許《ゆる》してくれないのなら、そうできる状況にもって行けばいいと思っている。

「……本気で武芸以外で生きていくつもりなら、きっと克服《こくふく》しないといけないことなんでしょうね」

一生付いて回るのだ、剄脈の疼《うず》きは。手術《しゅじゅつ》で除去《じょきょ》するなんてできない。武芸者は心臓《しんぞう》と脳《のう》と頸脈で生きている。どれか一つが機能《きのう》不全でも起こしたらそれだけで死だ。

人間よりも強く、そしてまるで反動のように普通の人間よりも弱点が多い。

「……あの人の言うことは正しいんですよ。フェリの言うことも正しいんですけどね」

ツェルニの生徒としての発言ととれば、フェリの言うことは正しい。武芸者が弱いからこそ、レイフォンが引っ張《ぱ》り出されている事態《じたい》になっている。ツェルニの武芸者はそのことを恥《はじ》と思うべきだ。

だけど、グレンダン育ちのゴルネオからしたら、レイフォンがいまだに武芸の道にいることが許せないだろう。

自分がなにをしたのかまるでわかっていないと思っているのだろう。

また同じことをやると思っているのだろう。

フェリは肩車《かたぐるま》されたまま、黙《だま》ってレイフォンの言葉を待っていた。

少し悩《なや》んでから、レイフォンは言った。

「陛下《へいか》にこう言われたんですよ……」

『気付かせてはいけないのだよ。我々《われわれ》武芸者や念威繰者《ねんいそうしゃ》が〝人間〟ではないということを、人類に、本当の意味で、気付かせてはいけないんだ』

「え？　それって、どういう意味ですか？」

「……僕がやったことは悪いことです」

「そうですね。武芸者の模範《もはん》的な考え方からは外れていると思います」

「じゃあ、どうしてそれで僕が天剣授受者《てんけんじゆじゆしや》を辞めさせられたのか、わかりますか？」

「え？　それは……」

　フェリはしばらく、考えをまとめるように黙《だま》った。

「……それは、グレンダンの天剣授受者という地位がとても特別《とくべつ》なもので、同時に武芸者全体の模範にならなければいけないから、ではないんですか？」

「違《ちが》いますよ」

「え？」

「天剣授受者の連中にモラルなんてないですよ。求められるのは汚染獣《おせんじゆう》に立ち向かう強さだけ。高潔《こうけつ》な精神《せいしん》の持ち主なんて十二人の中でもほんのわずかです。それでも、当たり前ですが犯罪《はんざい》に手を付けたりはしないですけどね」

「じゃあ、どうして……」

「対外的にはそれで合ってるんですよ。天剣授受者がグレンダンの武芸者の代表的立場にある以上、グレンダンの武芸者の規範《きはん》とならねばならない。それを破《やぶ》ったレイフォン・アルセイフには天剣授受者たる資格《しかく》なし。天剣没収《ぼつしゆう》の上、都市外への退去《たいきよ》を命じる。猶予《ゆうよ》は一年」

レイフォンはアルモニスに言われた言葉を繰《く》り返した。

「……猶予をくれた辺りは温情《おんじょう》ですね」

「でも、あなたの言い方では、本当の理由というわけではないんですね」

「そうです。問題なのは、僕の試合での行いの方にあったんですよ」

昨夜ニーナにも話した内容《ないよう》を、レイフォンはもう一度フェリに語った。

ガハルド・バレーンとの試合を、彼をどうするつもりであったかを、それを見て、人々がどういう行動をとったかを。

肩に乗ったフェリは黙《だま》ったままだった。息を呑《の》むかすかな気配だけがレイフォンに届《とど》く。

「……実際《じっさい》、陛下《へいか》がすぐに僕から天剣を剝奪《はくだつ》して追放を決定しなければ、暴動《ぼうどう》になっていたかもしれないですよ。僕はそれからずっと身を隠《かく》していたし、陛下も監視《かんし》という名目で園に天剣授受者を配置していなかったら本当にそういうことになっていたかもしれない」

「…………」

「気付かせてはいけない。そういうことなんですよ。武芸者や念威繰者が人の形をしていても人間じゃないと。人よりも器官が一つ多いとかいう問題じゃない。都市の外にある脅《きょ》威《うい》から自分たちを守ってくれる存在《そんざい》は、ふとした拍子《ひょうし》に自分たちに危害《きがい》を加える凶器《きょうき》になるんだと、しかもそれはただの人間には対抗《たいこう》する手段《しゅだん》がないなんて気付かせちゃいけない。武芸者たちは強力な道徳観念《どうとくかんねん》で自分たちを律《りつ》している高潔な存在なんだと。そりゃあ、たまには犯罪に手を染《そ》めるような悪い武芸者だっているけれど、そんな武芸者は異端《いたん》で少数で、たとえいたとしても他の、多くの武芸者たちがそんな悪い武芸者はやっつけてしまうと思わせておかないといけない。

天剣授受者たちは正義《せいぎ》なんだと、思わせなければいけない。

武芸者たちが守らないといけない律は都市の法律なんかとはわけが違《ちが》う。

気付かせてはいけない。そんな異端が天剣授受者にいるなんて。もしそんなことになったら、天剣授受者の強力な勁《けい》を以《もっ》てすれば武芸者たちの律なんて笑って無視《むし》できるのだと。

そんな天剣授受者が他にもいたらどうなるのか……

そんなことに気付かれたら都市は終わりですよ。汚染獣《おせんじゅう》にでも戦争にでもなく、人の暴《ぼう》走《そう》によって都市は死ぬ」

それら全てを教えられたのは、試合の翌日《よくじつ》の夜。アルモニスに打ちのめされたその場でだった。

『君の幼《おさな》い狡猾《こうかつ》さがこういう事態《じたい》を引き起こしそうになったんだよ。わかるかな？　幼いからという理由で許《ゆる》されるものではないし、なにより君が幼いからこそさらに最悪の事態を呼《よ》ぶことにもなりかねなかった。人は弱い。武芸者もまた弱い。武芸者なくして人は汚染獣や戦争の脅威から逃《のが》れる術《すべ》はないし、人なくして武芸者は社会を維持《いじ》できない。群《む》れなくては生きていけないのは人も武芸者も同じ。この共生関係は維持されなくてはいけないんだよ』

そう言われた。

「それでも、自分が悪いとどうしても思えない僕は、きっと壊《こわ》れているのでしょうね」

「……ゴルネオはそれで、レイフォンを毛嫌《けぎら》いしてるんですか？」

「それだけじゃない。もっと深いと思っています。ゴルネオ・ルッケンス。天剣授受者サヴァリス・ルッケンスの弟で、ガハルドもまたルッケンスで格闘術《かくとうじゅつ》を学んでいる。実際に見たわけじゃないですけど、ゴルネオとガハルドが同時期にルッケンスの道場にいた可能《かのう》性《せい》は高い。もしかしたら、ガハルドがゴルネオに格闘術を教えていたかもしれない。兄のサヴァリスは他人に教えるなんてことはもう放棄《ほうき》していたでしょうしね」

「同門の仇討《あだう》ちということですか？」

「そういうことでしょうね」

「……大丈夫《だいじょうぶ》ですか？」

「僕一人を狙《ねら》うのなら、どうとでも処理《しょり》できます。気をつけて欲《ほ》しいのはフェリたちの方ですよ」

もしも、レイフォンだけを狙うのではなくて第十七小隊全体を狙うようなことになったら……

それが間違いだとしても、あの時と、ガハルド・バレーンをそうした時と同じ決意をしないといけないかもしれない。

「そういう意味ではないです」

フェリの拳《こぶし》がレイフォンの頭に落ちた。

「え？」

「……まったく、どうにも馬鹿《ばか》ですね」

「え？　え？」

「まぁ、馬鹿のあなたには理解《りかい》できないのかもしれないですけど。……もうすぐ合流します。下ろしてください」

結局、フェリがなにを言いたいのかは教えてくれなかった。

†

うんざりとした空気が冷えた湿気《しっけ》混《ま》じりの腐敗臭《ふはいしゅう》と一緒《いっしょ》に辺りに満ちていた。

「……いいぞ。埋《う》めなおせ」

ゴルネオの命令で、隊員たちが再《ふたた》びスコップを使って開けた穴に土を戻《もど》していく。

小山の中にはやはりというべきか死体が埋まっていた。五体満足なものなんてどこにもなく、残骸《ざんがい》のような骨付《ほねつ》きの肉片《にくへん》が転がるだけでちゃんとした埋葬《まいそう》とはとてもいえない。

しかしやはり、これが精一杯《せいいっぱい》なのだろうとも思う。

「問題は、誰《だれ》がこれをしたか……か？」

都市中から人間の残骸を集めて埋めるなんて作業、それこそ気が狂《くる》いそうなほどのものだが、それを遺漏《いろう》なくしてのけているところに不気味さがある。

昼はすでに回ってしまった。夕方にはツェルニが到着《とうちゃく》する。それまでには原因《げんいん》を探《さぐ》っておきたいところだが……

「……ん？」

作業が終わり次第休憩《きゅうけい》を取り、それから都市をもう一度調べなおさなくては……そう考えたゴルネオは、ふと、肩《かた》の軽さが気になった。

「そういえば、シャンテはどこに行った？」

ぐるりと辺りを見回してみても赤毛の副隊長の姿《すがた》がない。小山を崩《くず》している途中《とちゅう》に肩からおりてどこかに行ったのだが、そういえばそれから戻ってきていない。

隊員たちに尋《たず》ねても、誰も居所《いどころ》を知らなかった。

「……まさか、あいつ」

嫌《いや》な予感がした。ゴルネオは隊員たちに作業を続けるように言うと、一人、活剄《かっけい》を走らせて生産区から出た。

05　夜に舞《ま》う

携帯《けいたい》食で昼食を摂《と》ると、レイフォンたちは機関部入り口の扉《とびら》を開けた。

「やはり、電力が止まっているな」

何度スイッチを押《お》しても動かない昇降機《しょうこうき》に、ニーナは仕方ないと呟《つぶや》く。

「ワイヤーで下まで降《お》りるしかないな。念のために遮断《しゃだん》スーツを確認《かくにん》しておけ。フェリはここに残ってサポートを頼《たの》む」

「了解《りょうかい》しました」

フェイススコープを被《かぶ》り、フェリの念威《ねんい》端子《たんし》が接続《せつぞく》されたのを確《たし》かめると、レイフォンたちは昇降機の床《ゆか》に穴《あな》を開けてワイヤーで下に向かう。

照明《しょうめい》の切れた地下は暗闇《くらやみ》が支配《しはい》していた。フェリのサポートによる暗視《あんし》機能《きのう》が働き、青みを帯びた視界が広がった。

足が床の感触《かんしょく》を掴《つか》み、レイフォンはワイヤーの代わりに使った鋼糸《こうし》を引き戻した。

辺りには太いパイプがいくつも巡《めぐ》り、その隙間《すきま》を縫《ぬ》うように人間用の通路が設置されているのはツェルニに似《に》ている。

似ているが、まったく同じというわけではなさそうだ。入り組んだパイプの密度《みつど》はこちらの方が上のように思えた。なにしろ中心にあるはずの機関部の様子がまるで見えない。ツェルニ以上に迷宮《めいきゅう》のようになっていそうだ。

鼻をつく腐敗臭がここにはなかった。オイルと触媒液《しょくばいえき》の混ざった独特《どくとく》の臭《にお》いに、かすかな錆《さび》の臭いが溶《と》け込《こ》み始めているような気がした。

「空気がおもっくるしいねぇ。お前ら、よくまぁこんな所で働けるもんだ」

シャーニッドが暗闇の中で渋面《じゅうめん》を浮《う》かべている。

「明かりがあればもう少し広く感じられるだろうけどな」

「機関部で照明弾《だんう》撃つわけにもいかんだろ。なんに火がつくかわかりゃしない」

「そういうことだ。フェリ、なにか異常《いじょう》はあるか？」

「現在《げんざい》のところは何の反応《はんのう》もありません」

フェリの返答にニーナが小さく頷《うなず》いた。

「そうか、ならしばらくうろついてみるか。昨夜の反応の主、隠《かく》れているとすればもうこしかないだろうからな」

「隊長は信じてくれてるんですか？」

レイフォンは意外な気分でニーナを見た。見つけたのはフェリだが、確認したのはレイフォンだけだ。第五小隊はレイフォンの発言を信じている様子はない。

それに、レイフォンだってあれが現実《げんじつ》のものだったのかどうか、いまいち自信を持てていなかった。

「当たり前だろう。二人の言葉を信じない理由がどこにある？」

「……まぁね。お前らがそういう嘘《うそ》をつくキャラとも思えんし」

ニーナの言葉にシャーニッドも同意した。

「それに、わたしには当てもある」

「え？」

「この都市がまだ〝生きている〟のなら、いてもおかしくないのが一つあるだろう？」

「あ……」

その言葉で、レイフォンは童女姿《どうじょすがた》の電子精霊《せいれい》が頭に浮かんだ。

「お前たちが見たのはこの都市の意識《いしき》。わたしはそう考えている」

「なるほど……」

「まずは機関部に辿《たど》り着くことが先決だな。二手に分かれるか。わたしとシャーニッド、レイフォンは一人で大丈夫《だいじょうぶ》か？」

レイフォンは頷いた。

「なにもなければ一時間後にここに集合だ。行くぞ」

ニーナの言葉で、レイフォンは一人、パイプの入り組んだ迷宮の奥《おく》へと進んだ。

†

当然の疑問《ぎもん》がリーリンの脳裏《のうり》を巡《めぐ》った。

ガハルド・バレーンがここにいることが信じられない。

「……どうして？」

「お主……なにをした？」

背後《はいご》のリーリンを気遣《きづか》ってか、デルクは剣《けん》を大きく構《かま》えてガハルドに向き合っていた。

「その身にまとっている剄《けい》は人のものか？　お主、剄脈《みゃく》を壊《こわ》したと聞いたが……」

そう。

レイフォンとの試合が原因《げんいん》で、ガハルドは剄脈が機能不全を起こし、告発の後は意識も失って植物状態《じょうたい》だと聞いていた。

そんなガハルドが、どうしてここにいる？

だらりと下げた片腕《かたうで》には錬金鋼《ダイト》の手甲《てっこう》ははまっていなかった。明かりの下に出てきたガハルドの服は病院で支給される生地の薄《うす》いもので、すでにぼろぼろになっていた。だらしなく着崩《くず》れて合わせ目から腹《はら》が覗《のぞ》いている。昔は皮膚《ひふ》の下で筋肉《きんにく》がしっかりと形を主張《しゅちょう》していただろうに、長い入院生活がその姿を失わせていた。

「人を捨《す》てたな」

デルクが呟く。

なによりもその目。炯々《けいけい》とした光を放ってリーリンたちを威圧《いあつ》するその目が、人間のものだとはどうしても思えなかった。

「どのようにして捨てたかは知らんが、ここになんの用があってきた？」

「…………」

ガハルドは口を開かない。ただ、食いしばるように閉《と》じられた唇《くちびる》から、腹の底で唸《うな》るような声がくぐもって響《ひび》くだけだった。

「……ぬっ」

その唸り声が、徐々《じょじょ》に高くなっているような気がする。

「目と耳をふさいでふせろっ！」

デルクの大声に体が勝手に従《したが》った。

真っ暗な中で、いきなり全身が震《ふる》えた。

「かぁぁぁあっ!!」

デルクの気声が震動《しんどう》の上に覆《おお》いかぶさる。辺りで食器やガラスの割《わ》れる音が響いた。全身がさらに強く震える。目と耳が痛《いた》い。髪《かみ》の毛までが震えていた。地面まで揺《ゆ》れている。

音が全て絶《た》えた時、リーリンは鼓膜《こまく》が破《やぶ》れたのではないかと思った。

ざっ……

「ぬう」

地面を打つ音とうめき声が、鼓膜は破れていないということを教えた。

目を開けると、そこには膝《ひざ》を突《つ》いたデルクの姿があった。

「父さん！」

デルクの服はずたずたに引き裂《さ》け、老いてなお鋼《はがね》のように鍛《きた》えられた肉体が露《あらわ》になっていた。

その背中《せなか》からあたりかまわず血が滲《にじ》み出ている。

「咆剄殺《ほうけいさつ》だと？　初代ルッケンスの奥義《おうぎ》を、お主ごときが使えるはずがない」

デルクの言葉にまで血が滲んでいた。杖《つえ》にしていた剣がデルクの体重を支《ささ》えきれずに折れた。ただの剣ではない。錬金鋼の剣だ。それをこうまでもろくする。震動によって分子の結合が破壊《はかい》された結果だ。

「お主……なにを……」

言葉を吐《は》きながら、デルクの体が前のめりに倒《たお》れた。

「父さんっ！」

呼《よ》びかけてもデルクからの返事はなかった。ただ、デルクを中心にして広がる血だまりに吸《す》われたようにリーリンから血の気が引いていく。

「あ、ああ……」

呆然《ぼうぜん》と立ち上がり、浮《う》いたような気分でデルクに歩み寄《よ》る。ガハルドのことは頭からなかった。レイフォンを失い、そして育ての親まで失ったという衝撃《しょうげき》がリーリンから現実感《げんじつかん》というものを奪《うば》い去っていた。

「父さん……」

背中を揺《ゆ》する。ぬるりとした血の感触《かんしょく》が手に広がった。

「嫌《いや》だよ……そんな……いなくならないでよ……」

子供《こども》のように頭を振《ふ》りながら、リーリンはデルクの背を揺すった。

「早く、起きてよう。父さん……みんなが……みんなを起こさないといけないんだから」

泣きながら、昔のように呼びかける。一番に起きるのはいつもリーリンで、それからレイフォンを蹴《け》り起こし、ご飯の支度《したく》をさせながらみんなを起こしていくのだ。デルクは武《ぶ》芸者《げいしゃ》のくせに寝起《ねお》きが悪くて、いつも起こすのには苦労した。

だから、いまも寝ているだけ。きっと、そうに違《ちが》いない。

呼びかける。その頭上でまたも唸り声が高くなりつつあるのに耳は気付いていたが、意《い》識《しき》はそれを無視《むし》した。

「父さん……」

唸り声が最高潮《ちょう》に達しようとした時。

その獣《けもの》が、リーリンたちの前に降《お》り立った。

蒼銀《そうぎん》色の豊《ゆた》かな毛を渦巻《うずま》く風になびかせながら、その獣はリーリンを守るようにガハルドの前に立った。

犬に似《に》た体躯《たいく》だが。犬ではない。異様《いよう》に長い耳は渦巻く毛に守られながら背中に向かって伸《の》び、四肢《しし》の先にある指は犬のように退化《たいか》したものではない。人の、それも女性《じょせい》の指のように長い五本があり、それらが撫《な》でるような格好《かっこう》で体躯を支《ささ》えている。長い尾《お》はリーリンを守るように彼女の背を撫でた。

人のような瞳《ひとみ》が、燃《も》える視線をガハルドに向けている。

ガハルドの閉じられた唇が開かれた。

外力系衝剄《けい》の変化。ルッケンス秘奥《ひおう》、咆剄殺《ほうけいさつ》。

唇が開く、放たれた震動波《しんどうは》は分子の結合を破壊する。

だが、開かれた唇から飛び出た声は、ただ夜の中に響《ひび》き渡《わた》っただけだった。

「……そういえば、君は一応《いちおう》、父上から秘伝書の閲覧《えつらん》を認《みと》められていたんだっけね？」

新たな声はガハルドの背後《はいご》からした。

ガハルドが振《ふ》り返る。

壊《こわ》れた鉄柵《てっさく》に背中《せなか》を預《あず》け、サヴァリスがそこに立っていた。

「まぁ、そうでなければあそこまで君がこぎつけられるわけもないか。……しかし、人間でいられたうちに体得できなかったのは残念なのかな？　それとも、あの時にできなかったことができて満足かい？」

ガハルドに語りかけながら、サヴァリスは倒《たお》れたデルクを見た。

「咆剄殺《ほうけいさつ》の震動波を活剄の威嚇術《いかくじゅつ》で抑《おさ》えたのか。ふうん。咄嗟《とっさ》によくそんなことができたもんだ。さすがはレイフォンの師《し》と言ったところなのかな？　同種の震動波で中和なんて芸当はさすがにできないものね」

つまり、さきほどのガハルドの咆剄殺はサヴァリスによって消されていたということになる。

「しかしおかげで、貴重《きちょう》な経験《けいけん》をさせてもらったよ。汚染獣《おせんじゅう》相手にしか使ったことがなかったしね。人間相手だとこういう風になるんだということもわかった。なにより、拙《つたな》いながらも他人が使うところを見られるなんてね。レイフォンだってこの技《わざ》は盗《ぬす》めなかったというのに」

「……レイ、フォン……………」

ガハルドが初めて呟《つぶや》いたのに、サヴァリスが笑顔を浮かべた。

「ああ、やっぱり覚えていたのかい？　あまりに潜伏《せんぷく》期間が長かったから忘《わす》れているのかと思ったよ。君に取り憑《つ》かせればそういう行動を取ってくれると信じていたんだけど、見当違いだったかとちょっとひやひやしたよ。体がだめになったくらいで精神《せいしん》力までだめになっているとは思いたくなかったんでね」

「どこ……だ？　レイ、フォンは……」

「それとも、だめになったからこそ、その妄執《もうしゅう》だけが君を生かしていたのかな？」

「レイ……」

「だめになったのは君の野望か？　君の夢《ゆめ》か？　悪巧《わるだく》みか？　その全てかい？　憧《あこが》れかい？　怒《いか》りかい？　僕《ぼく》は君に言ったよね？　年齢《ねんれい》なんて関係ないって。天剣授受者《てんけんじゅじゅしゃ》になる者は、そうなるべくして生まれて、そうなる運命を刻《きざ》まれているんだ。早いか遅《おそ》いか程度《ていど》の問題でしかない。君ごときが調子に乗った結果がこれなんだと、いい加減理解《かげんりかい》したらどうだい？」

「ぬ、あ……あああああああああああああああああああああああああああああっ！」

「ははは！　怒ったのかい？　なら来なよ。レイフォンではなくこの僕が相手になってあげるよ。僕に勝てば君は晴れて天剣授受者だ」

突進《とっしん》してきたガハルドの一撃《いちげき》を、サヴァリスは後退《こうたい》して避《よ》けた。

そのまま鉄柵を飛び越《こ》えて道路へと出る。

「付いてきなよ。ちゃんと戦場は用意してるんだから」

次の瞬間《しゅんかん》、サヴァリスの姿《すがた》が掻《か》き消え、追いかけるようにガハルドも消えた。


残されたリーリンは、呆然《ぼうぜん》とデルクの背《せ》を見つめていた。

「父さん……血が、血が止まらないよう……」

膝《ひざ》と手を濡《ぬ》らす血に、リーリンは涙《なみだ》が止まらなかった。

頬《ほお》を伝う涙を、顔を寄《よ》せた獣《けもの》が舐《な》め取る。

それで、リーリンは獣を見上げた。

その獣の向こうに、もう一人、人影《ひとかげ》があった。

「……あ」

「もう大丈夫《だいじょうぶ》だよ、リーちゃん」

「シノーラ先輩《せんぱい》……なんで？」

「デルクはまだ間に合う。もう揺《ゆ》らしちゃだめだよ。骨《ほね》もだいぶいっちゃってるし、傷《きず》ついた内臓《ないぞう》に刺《さ》さったりしたら大変だ」

「……先輩」

「良くがんばったね。もうお休み」

シノーラが獣越《ご》しに手を伸《の》ばし、リーリンの頭を撫《な》でた。

ふっと意識《いしき》が遠のき、リーリンはそのまま眠《ねむ》りの中に落ちてしまった。

デルクの上に倒《たお》れかけたリーリンを受け止め、シノーラは獣の背中に彼女を預けた。

「眠りが彼女の傷を癒《いや》してくれればいいけど。……そんな簡単《かんたん》なものではないか」

ふっと息を吐《つ》くと、シノーラは頭上を見上げた。

「サヴァリスめ、わざと遅《おく》れたな。グレンダンがいなければ間に合わないところだった」

グレンダンと呼《よ》ばれた獣は、シノーラの垂《た》らした手に甘《あま》えるように頭を摺《す》り寄せてくる。

その周囲で風が巻《ま》いた。

「陛下《へいか》……」

次の瞬間、三つの影がシノーラの前に跪《ひざまず》いていた。

「デルクをすぐに病院に。この子はわたしが寮《りょう》に届《とど》けておくよ。リンテンスはもう〝戦場〟を作り終えているな？　一人は保険で残っておけ、残りは戻《もど》ってよし」

「はっ」

二つの影がシノーラの言葉でその場から消える。

「やれやれ、害虫一匹退治《ぴきたいじ》するのにえらい騒《さわ》ぎだ」

それから、壊《こわ》れた建物を見渡《みわた》し。

「ここには補助《ほじょ》金を出してあげないとね。それと、デルクにはなんらかのことをしないと。王家はもうレイフォンに関わりある者たちを許《ゆる》している……世間にそれを認知《にんち》させないと、この子の心労は取れないか」

「陛下……」

残っていた一人がシノーラに問いかけた。長い黒髪《くろかみ》の、どこかシノーラに似《に》た面立《おもだ》ちの女性《じょせい》だ。

「……いい加減《かげん》、王宮に戻って欲《ほ》しいんですが？」

「えー」

シノーラがあからさまにうんざりした顔をしてみせた。

「陛下っ！」

「だーって、わたしがいなくても都市の政治《せいじ》はまるで問題なーし。わたしいらなーいって感じじゃん」

「……適当《てきとう》な若者《わかもの》言葉はやめてください。まったく……そりゃね。陛下がいなくても全然問題ないですよ。都市運営《うんえい》は私と議院《ぎいん》でどうにでもできますけどね。責任《せきにん》問題っていうもんがあるでしょうが」

「象徴《しょうちょう》なんてこの子がいればなんの問題もないさ。民《たみ》たちを納得《なっとく》させるだけならカナリス、君がいれば十分だし、このまま本当の女王になる？」

「ご冗談《じょうだん》を、私では天剣授受者《てんけんじゅじゅしゃ》が従《したが》うわけがありません。それこそ第二第三のレイフォンを生むことになります」

「あの子はそういうつもりで暴走《ぼうそう》したわけではないよ」

「そうでしょうとも。しかし、さきほどのサヴァリスの行動を見るとおり、天剣授受者の頭を押《お》さえておくには陛下が不可欠《ふかけつ》です」

「は～あ～……まったく」

リーリンの寝顔《ねがお》に逃避《とうひ》しながら、シノーラはため息を吐いた。

「君も天剣授受者なんだけどね。生真面目《きまじめ》だよね」

「誰《だれ》かのせいでとても苦労していますから」

「まっ、ひどい」

「なんでもいいですから、さっさとそんな偽名《ぎめい》を捨《す》てて戻ってきてくださいね」

額《ひたい》にしわを寄せて言い放つとカナリスも姿を消した。

「やれやれ……」

部下が全員去った後で、シノーラは途方《とほう》にくれた顔で頭を掻《か》く。

「戻れと言われてもねぇ……」

苦笑を滲《にじ》ませながらそう呟《つぶや》き、シノーラはリーリンを抱《だ》き上げた。

「天剣が十二人揃《そろ》わなければ、わたしがいたところで意味なんてないんだけどね」

ふと、サヴァリスの言葉が頭に浮《う》かんだ。

「天剣は生まれた時から天剣か……それなら、レイフォンはわたしの天剣ではなかったのかな？　もしかしたら……」

浮かんだ言葉を途中で切ると、「埒《らち》もない」と頭《かぶり》を振《ふ》った。

「失われたもののことを考えても仕方ないか」

どこかさっぱりとした空気を放ちながら、異様《いよう》の獣《けもの》グレンダンを従《したが》えて、シノーラはリーリンを抱《かか》えて壁《かべ》に開いた大穴《おおあな》をくぐった。

†

サヴァリスは跳躍《ちょうやく》していた。時に建物の壁や屋根を蹴《け》りつけて方向を修正《しゅうせい》しながら夜を駆《か》けていく。

背後《はいご》を見れば、ガハルドも同じようにしてサヴァリスを追いかけていた。

楽しくなる光景だ。

「まったく、生前からそれだけできたらもう少しかわいがってやったのにね」

嗜虐《しぎゃく》的な笑みを浮かべて、サヴァリスは次の建物で大きく上に跳《と》んだ。

ガハルドも追いかけてくる。

サヴァリスはグレンダンにあるどの建物よりも高い位置まで来ると、ふわりとその場に足を下ろした。

なにもない空中に、だ。

ガハルドも同じように空中で着地する。

「見えているようだね。上出来だ」

サヴァリスは満足げに頷《うなず》いた。

ガハルドが唸《うな》りをこぼしながら周囲を見渡す。

「君が踏《ふ》んでいるのはリンテンスさんの鋼糸《こうし》だよ。蜘蛛《くも》の糸ほどに細いが、簡単《かんたん》に切れはしないから安心しなよ。ただ、バランスを崩《くず》して倒《たお》れたりなんかしたら、自分の重さで真っ二つになるから。そうそう、足への剄《けい》は切らしちゃいけないよ。後、ここから逃《に》げ出そうなんてことも考えちゃダメだ。その瞬間《しゅんかん》に、リンテンスさんにそれはもう集めるのが大変なほどに細切れにされちゃうから。一応《いちおう》、君の葬式《そうしき》はルッケンスで挙げる予定なんだからね」

まさしく蜘蛛の巣《す》のように張《は》り巡《めぐ》らされた鋼糸の上で、にこにこと楽しそうな顔のままサヴァリスは説明をした。

「さて、ここまで言ったけど、ちゃんと理解《りかい》してるかな？　僕の名前が言えるのなら、少しは嬉《うれ》しい。一応は弟子《でし》なわけだしね。僕が世話をしたことは一度もないけど。弟は世話になったようだし、多少は情《なさ》けなんかも出るかもしれないから、できれば僕の名前を呼《よ》んでみてほしいな」

「………………」

唸るガハルドからは、何の答えもなかった。

「もう僕の名前も思い出せないのかい？　本当に残念だ。本当に君は汚染獣《おせんじゅう》に屈《くっ》してしまったんだね」

言葉ほど残念そうな様子もなく、サヴァリスは両手に指貫《ゆびぬき》の革手袋《かわてぶくろ》を嵌《は》めた。

グレンダンに汚染獣が侵入《しんにゅう》したのは、一月《ひとつき》ほど前のことだった。

幼生《ようせい》の群《むれ》が襲《おそ》い掛《か》かってきたグレンダンに、隙《すき》を突《つ》くようにして都市内に侵入してきたのだ。

老性《ろうせい》体の変種だった。

即座《そくざ》に侵入に気付いて天剣授受者《てんけんじゅじゅしゃ》が追いかけたのだが、この汚染獣は人間に寄生《きせい》して内部から養分を吸い取ってしまうという奇怪《きかい》な変性を遂《と》げており、グレンダンの念威繰者《ねんいそうしゃ》でも探《さが》し出すのは困難《こんなん》だった。

そこで、捜索《そうさく》の任務《にんむ》を受けたサヴァリスは一計を案じた。

数度の追跡《ついせき》で、汚染獣は養分を吸いきる前に宿主に新しい宿主を襲わせて移動《いどう》すること、移動の瞬間には念威繰者が発見できること、そして寄生された人間は元来の性格《せいかく》に行動の影響《えいきょう》を受けることを突《つ》き止めることができた。

そこでサヴァリスは、念威繰者を大量に動員して次の犠牲《ぎせい》者が襲われる瞬間を待って襲《しゅう》撃《げき》。さらに取り逃《に》がした時のために、行動を予測《よそく》しやすい人物を囮《おとり》として用意した。

それがガハルドだった。

「君は、本当に役に立ってくれたよ」

後一歩というところで取り逃がしてしまったが、サヴァリスの予防策《よぼうさく》は功を奏《そう》し、ガハルドに汚染獣は寄生した。

そしてガハルドに寄生した汚染獣は、彼の憎悪《ぞうお》に影響を受けてレイフォンの関係者を付けねらっていた。デルクが感じていたのはこの気配だ。

「最後の最後に武芸者《ぶげいしゃ》らしく都市の防衛《ぼうえい》に役立つことができたんだから本望だろう？」

革手袋の甲《こう》の部分にカードを差し込《こ》む。カード型の錬金鋼《ダイト》だ。すでに両足のブーツには同じものが差し込まれた状態《じょうたい》になっている。

それが本望なのかどうか……すでにその時には植物状態だったガハルドがそれを望んでいたのかはサヴァリスにわかるわけもない。

わかる必要もない。

「汚染獣と戦えない武芸者なんてごみ以下だ。最後に花道を用意してあげたんだから、兄弟子の温情《おんじょう》に感謝《かんしゃ》して欲《ほ》しいね」

ガハルドが吠《ほ》えた。それがガハルド本人の怒《いか》りなのか、寄生した汚染獣のものなのかは定かではない。

サヴァリスは夜を引き裂《さ》く吠え声を冷然と受け流し、鋼糸《こうし》の上を疾走《しっそう》して迫《せま》るガハルドに笑みを送った。

「だから少しは本気でやってあげるよ。……レストレーション」

四肢《しし》が光を放ち、それが全身を染《そ》めた。

革手袋とブーツに嵌められたカード型の錬金鋼が爆発的《ばくはつてき》に質量《しつりょう》を増大《ぞうだい》させ、入力された本来の形へと復元《ふくげん》していく。

肘《ひじ》の近くまで覆《おお》った手甲には精緻《せいち》な意匠《いしょう》が凝《こ》らされ、それは脚甲《きゃっこう》にしても同様で、どちらも白金の光を夜の空気に溶《と》け込ませていく。

サヴァリスに授《さず》けられた天剣《てんけん》が形を成す。

悠然《ゆうぜん》と下げていた腕《うで》を持ち上げる。

空気を軋《きし》ませるような破裂音《はれつ》とともに、サヴァリスの手がガハルドの拳《こぶし》を受け止めた。

「なかなか良い突《つ》きだ」

まるで稽古《けいこ》をつけているかのような口振《くちぶ》りだ。

利き手を押さえられたガハルドはそこから蹴《け》りを放つ。サヴァリスは一歩下がってかわす。それだけでは止まらない。ガハルドはさらに宙《ちゅう》に舞《ま》い上がって連続で蹴りを放ち、鋼糸の上に着地してはさらに下段《げだん》の回し蹴りから上段への回し蹴りへと変化させる。

「ははは、いいな」

竜巻《たつまき》のように回転しながら蹴りを放つガハルドの周囲では、風もまた渦《うず》を巻《ま》いていた。

時に蹴り足とは真逆《まぎゃく》の位置から真空の刃《やいば》が襲い掛かってくる。ガハルドの完全に連携《れんけい》の中に組み込まれた多種の蹴りが激《はげ》しさを増《ま》せば増すほどに真空の刃もその数を増《ふ》やしていき、サヴァリスは忙《せわ》しなく宙を舞ってそれらの攻撃をかわしていった。

「うん、楽しい。疾風迅雷《しっぷうじんらい》の型をここまで見事に修《おさ》めているとは思わなかった。弟に見せてやりたいよ。良い手本になる」

それでも、サヴァリスの顔から笑みが消えることはない。

「一度、きちんとした形で同門同士の戦いというものを経験《けいけん》したかったんだよ。それもまた、君を選んだ理由だな。君は僕《ぼく》の期待にとことんまで応えてくれている。本当に嬉《うれ》しいよ」

跳躍《ちょうやく》したサヴァリスをガハルドが回転したまま追いかけてくる。距離《きょり》を取らせるつもりはないという気迫《きはく》に満ちた追撃《ついげき》。放たれた回し蹴りをサヴァリスは手甲で受け止める。

蹴りの衝撃《しょうげき》が、サヴァリスの体を吹《ふ》き飛ばした。

ガハルドはその場でさらに回転する。巻き込んだ風の全てを蹴り足にまとわり付かせ、剄《けい》とともに解《と》き放ち、一撃とする。

真空の刃が群《むれ》を成してサヴァリスへと殺到《さっとう》した。

目に見えないその攻撃に対し、サヴァリスはいまだ吹き飛ばされながら大きく息を吸《す》った。

「はっ！」

呼気《こき》とともに吐《は》き出された剄が不可視《ふかし》の刃の全てを打ち壊す。後には唸《うな》りをあげて渦を巻く風が残されるのみだった。

「咆剄殺《ほうけいさつ》には、こういう使い道もあるんだよね」

鋼糸の上に着地したサヴァリスが快活《かいかつ》な笑みをガハルドに向けた。

「それとね、わざわざ型を全部通さなくても剄弾《だん》は撃《う》てるんだよ。こういう風に……」

サヴァリスの下半身が消失した。

反射《はんしゃ》的にガハルドが両腕《りょううで》を前で交差させる。

ゴウッと重い音が響《ひび》き、ガハルドの体が宙に飛んだ。

「単体では風烈《ふうれつ》剄と呼《よ》ぶんだけど、知っていたかな？　ルッケンスの奥義《おうぎ》は化錬剄《かれんけい》が基本《きほん》になっているから、別に風でなくてもかまわないんだけどね。型通りの流れの方がもちろん十分な威力《いりょく》になりもする。疾風迅雷の型はその流れそのものに剄を練《ね》るシステムが組み込まれているから、舞えば舞うほど最後の風烈剄の威力が上がる。良くできているとは思うんだけど、最後になにが来るかわかっている分、やはり同門同士ではそんなに使えない技《わざ》だね」

蹴り上げた形のままだった脚《あし》を下ろし、サヴァリスは起き上がるガハルドを見た。

その顔に浮かんだ表情を見て、サヴァリスは「おや？」と思った。

ガハルドの獣《けもの》が威嚇《いかく》するような表情《ひょうじょう》から力が抜《ぬ》け、人間じみた表情を浮かべていた。

「なんとも絶望しきった表情だね。まだまだガハルドとしての意識《いしき》があったということかな？　天剣《てんけん》使いとの差というものをちゃんと理解《りかい》したかな？……あの日、君がレイフォンにあんなことを持ちかけようと持ちかけまいと、どう転んだって君が天剣を授《さず》けられることなどなかったんだと、ようやく理解してくれたかな？」

「お、おれは……おれは……」

ガハルドの唇《くちびる》が、震《ふる》えながら言葉を紡《つむ》いだ。

「ほう、どうやらまともに会話できるだけの意識は残っていたようだ」

「おれは……許《ゆる》せなかった。あんな子供《こども》が……天剣授受者《じゅじゅしゃ》だなどと……若《わか》先生と並《なら》んで立っているということ……若先生よりも若くして天剣を授けられたこと……全てが許せなかった」

ガハルドの瞳《ひとみ》は次第に人間らしい光を宿すようになっていた。

汚染獣《おせんじゅう》の支配《しはい》を抜けようとしている？

まさか……サヴァリスは内心で冷たい否定《ひてい》をしながらガハルドの言葉を聞いていた。

「あいつはおれが倒《たお》すんだと……決めた。あんなのはまぐれなんだと……あんな子供が天剣授受者だなどと許せない……しかも、あんな……汚《きたな》いことに手を染《そ》めるなんて

「…………」

「自己弁護《じこべんご》はそれぐらいにしておいた方がいいよ。みっともないから」

汚染獣に侵《おか》された男の必死の言葉を、サヴァリスは一蹴《いっしゅう》した。

「なにを言おうと、君がレイフォンを脅《おど》したという事実は変わりない。あの事件《じけん》は君にだって責任《せきにん》がある。もちろん大本はレイフォンが悪いんだけどね。君が年長者を気取りたかったのなら、君がするべきことは彼の不正の事実を試合前に突《つ》きつけるのではなく、黙《だま》って彼を天剣授受者の座《ざ》から引きずりおろしてしまうことだったんじゃないかな？」

サヴァリスが軽く体を揺《ゆ》すった。その瞬間《しゅんかん》、全身に満ちていた活剄《かっけい》が外に漏《も》れ、空気を震《ふる》わせる。

「武芸者の律《りつ》とやらから外れていたのだから、しょせんは君も同じ穴のなんとやらだ。せめて弟に良き兄弟子であったという記憶《きおく》だけを残して逝《ゆ》け。みっともない戯言《ざれごと》なんてほざくな」

「ぬ、あ、おおお……」

冷たくあしらわれ、ガハルドの表情に苦悶《くもん》が走った。目から再《ふたた》び、人の感情が消える。さきほどまでのなんとも付かない獣じみた瞳《ひとみ》から、サヴァリスにとっては見慣《みな》れた汚染獣のそれに変わろうとしていた。

それに合わせて、ガハルドの体そのものにまで変化が生まれようとしている。

「人の身では敵《かな》わないってようやく気付いたか。だけどね……」

ガハルドの体が膨張《ぼうちょう》を始めた。ぼろになっていた服が張り裂《さ》け、その下の皮膚《ひふ》にも無数のひび割《わ》れが走る。ひび割れがさらに裂け、その下から赤黒い肉がどこまでも膨張していった。

人の三倍ほどの大きさになって、やっと変化に安定が見えた。背中《せなか》からは巨大《きょだい》な翼《つばさ》が現《あらわ》れ、頭髪《とうはつ》の抜《ぬ》け切った頭から足の先まで全てを分厚い鱗状《うろこじょう》の外皮が覆《おお》う。指は退化《たいか》して三本の長い爪《つめ》に変わり、唇はめくれて太い牙《きば》が並んだ。

咆哮《ほうこう》が夜を裂く。

グレンダン中に、都市内に汚染獣が侵入《しんにゅう》したことを告げた叫《さけ》びだったが、サヴァリスはしごく冷静な顔でその変化を見届《みとど》けていた。

「エアフィルターの外ですら僕たちに敵わないお前らが、エアフィルターの中でどうにかできると思ったのかい？」

サヴァリスの表情《ひょうじょう》から笑みの余韻《よいん》が消えた。鋭《するど》く引き締《し》まった表情からは研《と》ぎ澄《す》まされた刃《やいば》の雰囲気《ふんいき》が漂《ただよ》い、轟然《ごうぜん》と迫《せま》る汚染獣を見据《みす》えた。

汚染獣の三本の爪がサヴァリスの体を斜《なな》めに引き裂く。

引き裂かれたサヴァリスの姿《すがた》が、風に溶《と》けるように消えた。

虚影《きょえい》だった。

「ガハルド、君への最後の手向《たむ》けだよ」

その声は汚染獣の周囲全体から届いた。

声のした全ての場所にサヴァリスの姿があった。汚染獣を包囲する軍隊のように無数に、数百を数えるサヴァリスがそれぞれ好き勝手な構《かま》えを取っている。

「ルッケンスでは一番派手《はで》な技《わざ》だ。散っていけ」

活剄衝剄混合変化、ルッケンス秘奥《ひおう》、千人衝《せんにんしょう》。

無数のサヴァリスが動いた。全方位から迫る攻撃に、汚染獣はなす術《すべ》もない。

殴《なぐ》る、叩《たた》く、蹴《け》る、突く、抉《えぐ》る、貫《つらぬ》く、弾《はじ》く、破《やぶ》る、折る、砕《くだ》く。

無数の打撃が間断なく汚染獣の体を打ち、分厚《ぶあつ》い外皮を打ち砕いてく。汚染獣は悲鳴を上げる暇《ひま》もない。ただ全方位から叩きつけられる衝撃に弄《もてあそ》ばれ、無数の拳打《けんだ》に踊《おど》らされるしかなかった。

それでも自己防衛《ぼうえい》の本能《ほんのう》は雨のように打たれる衝撃で混乱《こんらん》する神経《しんけい》を酷使《こくし》し、肉体に変化を起こさせる。

身を守る外皮を失い、赤黒い肉が露《あらわ》になった一部が変化する。

一瞬だけ、拳打の雨が止《や》む。

そこに現れたのは苦悶《くもん》を浮《う》かべたガハルドの顔だ。声帯までは作れなかったのか、ただ苦しげな表情が無数にいるサヴァリスの一人を見つめ、訴《うった》えかける。

「無駄《むだ》なことを」

弟子《でし》の無言の哀願《あいがん》を、サヴァリスは言下に切り捨《す》てた。

次の瞬間《しゅんかん》、見つめられたサヴァリスの拳《こぶし》がガハルドの顔ごと汚染獣《おせんじゅう》の肉体を貫いた。

「そんなもので怯《ひる》むのなら、君を使いはしなかったよ」

冷たい言葉とともに、残りのサヴァリスが一斉《いっせい》に汚染獣の肉体を引き裂《さ》いた。

「しまったな……」

鋼糸《こうし》の隙間《すきま》を縫《ぬ》って、あるいは切り裂かれて落ちていく汚染獣の死体を見ながら、一人に戻《もど》ったサヴァリスは暢気《のんき》な声で呟《つぶや》いた。

「棺桶《かんおけ》はしっかりと釘打《くぎう》ちしとかないと、中を見られたら大変だ。……普通《ふつう》の棺桶にあれ全部収《おさ》まるかな？」

しばらく顎《あご》に手を当てて考えに耽《ふけ》ったサヴァリスだったが。

「ま、いっか」

結局は結論《けつろん》を放り投げた。

「親父殿《おやじどの》にまかせよう」

そういうことになったらしい。

汚染獣の死体が細切れになって落ちていくさまを、リンテンスはそれほど離《はな》れていない場所から眺《なが》めていた。

「終わったか」

確認《かくにん》すれば、もう用はない。その上にいまだにサヴァリスが立っていることなど眼中《がんちゅう》にないかのように鋼糸で作った戦場をほどき、手元に引き戻《もど》した。

落ちながらサヴァリスがなにか文句《もんく》を言っているようだが、それにも聞く耳を持たない。その程度《ていど》の高さから落ちたぐらいで死ぬようなら、もとから天剣授受者《てんけんじゅじゅしゃ》になどなれるはずもないからだ。

それにしても……

もはや地に落ちた汚染獣の死体のことなど考えの外にして、さきほどの戦いのことを考えていた。

サヴァリスの使った、千人衝。

あれをレイフォンは独学《どくがく》で修得《しゅうとく》し、自らの技《わざ》にしてしまった。ルッケンスの秘奥だ。生《なま》半可《はんか》なことで覚えられるものではない。リンテンスとて、見ただけではその仕組みの全てを理解《りかい》することはできない。

「剄技《けいぎ》を会得《えとく》することに関しては、あいつは誰《だれ》よりもずば抜けていたな」

リンテンスの使う鋼糸のような特殊《とくしゅ》なものを除《のぞ》けば、レイフォンはグレンダンの数ある道場の中で培《つちか》われた様々な技を、ほぼ見ただけでどんなものか理解し、自分の技に昇華《しょうか》していた。

真綿《まわた》に水を染《し》み込《こ》ませるかのような習熟《しゅうじゅく》の早さにはリンテンスも内心で驚《おどろ》いたものだ。

「あいつは、グレンダンの技を外に運ぶための種子……そういう役割《やくわり》でも持っていたのか？」

いままででたった一人、自らの技を伝えた弟子のことを考え、リンテンスは都市の外に目を向けた。

夜の闇《やみ》は、都市世界の溝《みぞ》の深さのように何も映《うつ》さなかった。

†

青い闇の中で、レイフォンは機関部の奥《おく》を目指して歩いていた。

ツェルニの機関部で一晩過《ばんす》ごすこともあるレイフォンにとっても、静まり返った機関部というのは不気味だった。放課後の校舎《こうしゃ》よりも深刻《しんこく》に、静寂《せいじゃく》の痛《いた》さが肌身《はだみ》に染《し》みた。

「なにかありましたか？」

「いえ、なにも」

「こちらも何の反応《はんのう》もありません」

フェリの声にはかすかな緊張《きんちょう》が宿っているように思えた。

都市の調査《ちょうさ》を開始した頃《ころ》は、自分の念威《ねんい》による走査《そうさ》だけで納得《なっとく》しないニーナやレイフォンに不満を持っていたのに、いまはそんな様子を見せない。

昨夜のことは、フェリにとってそれだけ衝撃《しょうげき》的なことだったのだろう。

「正直に言うと、あれが本当に実在《じつざい》したものなのかどうか自信が持てません」

そんな弱気をはっきりと形にしていることにレイフォンは驚いた。

「大丈夫《だいじょうぶ》ですよ。僕《ぼく》が見ました。隊長たちも信じてくれています」

フェリの精神《せいしん》的な不調は、もしかしたらかなり深刻《しんこく》なのかもしれない。

「フォンフォンは、あれが隊長の言う都市の意識《いしき》だと思いますか？」

「ツェルニ以外を見たことがないので、なんとも言えませんよ。それに、ツェルニが喋《しゃべ》ったとこも見たことがないし、敵として前に立ったこともない。本当にそうなのかはわかりませんけど、でも、可能性《かのうせい》としては否定《ひてい》できないんじゃないかなとは思います」

「……わたしはツェルニだって見たことがないんですよ。確信《かくしん》なんてもてません」

「でも、フェリが見つけたものが幻《まぼろし》でもなんでもないのは、僕が保証《ほしょう》しますよ。僕はこの目で見たんです。僕の目まで疑《うたが》いますか？」

「……そんなことはないですけど」

それだけでは不満な様子だ。

「誰も信じなくても別にいいんじゃないですかね」

「え？」

レイフォンの言葉が意外だったようで、通信機越《ご》しのフェリの声が呆気《あっけ》に取られていた。

「僕は、自分の感覚を信用します。たとえあれが幻《まぼろし》だったとしても、それは問題にできるレベルの幻だったと認識《にんしき》しています。同じように、僕はフェリの言葉を信じています。フェリのおかげで、僕は二度の汚染獣《おせんじゅう》の戦いを切り抜《ぬ》けることができたんですから。あなたの情報《じょうほう》を信じて戦ったあの結果が今の僕を生かしているんです。僕は、その結果の先にある信頼《しんらい》で、フェリを信じます。隊長やシャーニッド先輩《せんぱい》だって同じですよ。みんな、フェリを信頼しています」

「……言いくるめられてる気がします」

「でも、嘘《うそ》はついてませんよ」

拗《す》ねたようなフェリの言葉に笑みを返し、レイフォンは先に進んだ。

迷路《めいろ》のように入り組んだパイプの数はツェルニよりもはるかに多く、遠くを見渡《みわた》すことも困難《こんなん》だ。機関の調整をしていた連中は、きっとこの迷路にいつも苦労していただろうなと、ぼんやりと考えながらパイプに沿《そ》って道を進む。

「あ……」

「どうしました？」

「反応がありました」

「どこにだ？」

今度の通信は隊員全員に向けられたものだったらしい、耳にニーナの声も届《とど》いた。

「待ってください、座標《ざひょう》を……」

突然《とつぜん》だ。

「フェリ……どうした？　返事をしろ」

ニーナの言葉に、雑音《ざつおん》が混《ま》じる。

「おい、なんか変だぞ」

シャーニッドの言葉が雑音の中、遠くから聞こえるように響き……

プツリと……

「……え？」

突然に視界《しかい》が黒に染《そ》まり、通信の雑音すらも途絶《とぜつ》した。

「フェリ、どうしたんですか？　フェリっ⁉」

通信機に向かって大声を張《は》り上げても、硬《かた》い沈黙《ちんもく》がレイフォンの声を散らすだけだった。

レイフォンは暗闇《くらやみ》に一人、取り残されることとなった。

06　赤い意地

悪い予感が当たるのは苛立《いらだ》たしいことだ。

機関部の入り口近くにある木陰《こかげ》に人影《ひとかげ》が倒《たお》れるのを見つけて、ゴルネオは舌打《したう》ちして木陰に寄《よ》った。

「……っ、ええい」

倒れていたのは第十七小隊の念威繰者《ねんいそうしゃ》だ。フェリといったか、レイフォンを武芸《ぶげい》科に引き込んだ恥《はじ》知らずの会長の妹だが……

首筋《くびすじ》に手を当てて生きていることを確認《かくにん》し、ゴルネオは安堵《あんど》した。

気絶《きぜつ》しているだけだ。

「そこまで無茶はしないか」

シャンテがこの少女と言い争いをしていたところを見ていただけに心配だった。

「まったく、いい歳《とし》をして！」

どこか獣《けもの》の雰囲気《ふんいき》を宿しているシャンテは、いざという時に武芸者らしい行動を取れない。それがゴルネオの悩《なや》みの種だった。

突発的誕生《たんじょう》型のシャンテは、孤児《こじ》でもあった。そういうところでレイフォンと素性《すじょう》が似《に》てなくもないが、不幸なことに彼女は長い間、人の手によって育てられることはなかった。都市のほとんどが森林だという森海都市エルパは牧畜《ぼくちく》産業を主体としている。繁殖力《はんしょくりょく》が強く、良質《りょうしつ》の食肉や毛皮、その他、様々に有用な家畜の品種改良を行ってはそれらの遺《い》伝子情報《でんしじょうほう》を他都市に売るエルパには、様々な動物がいる。その膨大《ぼうだい》な量の中には管理者の目から外れ、野生化して森の奥《おく》深くに生息している種も存在《そんざい》する。

シャンテの母親が彼女を意図的に森の奥深くに捨《す》てたのかどうかは定かではない。だが、森林の奥地に生息する野生種の調査《ちょうさ》に赴《おもむ》いた一団《いちだん》がシャンテを見つけた時、幼子《おさなご》だった彼女は猟獣《りょうじゅう》種の親子と一緒《いっしょ》におり、母親に付いて狩《か》りをしていたという。

勁《けい》の能力《のうりょく》がシャンテを、猟獣とともに暮《く》らすことを可能《かのう》にしていたのだ。

調査団の報告によって派遣《はけん》された武芸者が彼女を保護《ほご》し、彼女にはライテの姓《せい》が与《あた》えられ、人並《ひとな》みの教育を受けることになった。

だが、生まれてすぐに獣とともにあった彼女は人間社会で暮らすには決定的ななにかが足りていなかったらしく、持て余《あま》した施設《しせつ》から放逐《ほうちく》されるような形でツェルニへとやってきた。

なにが足りなかったのかは、ゴルネオにはわかった。シャンテは猟獣種とともに育ったのだ。狩りをすることでその日の食べ物を直接的《ちょくせつ》に確保《かくほ》するのが当たり前の生活にいた彼女には、働いて報酬《ほうしゅう》を得ることでその日の食べ物を購《あがな》うという間接的な概念《がいねん》にうまく馴染《なじ》めなかったのだろう。

入学してから五年間。なんの不運なのかゴルネオはシャンテの世話をすることになってしまい、最近になってようやく、考え方に少しはまともなものが見えてきたところだった。

それもまたシャンテの中にある狩猟本能を小隊による対抗《たいこう》試合で解消《かいしょう》させるという代償《だいしょう》行為《こうい》があってこそのものなのだが。

シャンテを育てた猟獣種は群《むれ》で狩りを行ったという。小隊単位での戦いは、彼女にとっては近いものがあったのだろう。

「くそっ、あいつに話したのは迂闊《うかつ》すぎたか」

フェリを木陰で寝《ね》かせ直し、ゴルネオは機関部入り口に駆《か》け込んだ。昇降機《しょうこうき》の床《ゆか》に開けられた穴《あな》に飛び込む。ワイヤーを使うなんてのんきなことはやっていられない。シャンテもまたそうしたのだろう。

ゴルネオの言葉で、シャンテはレイフォンを敵と認識《にんしき》してしまっているのだ。ゴルネオは止めていたが、ずっとレイフォンを狩る機会を窺《うかが》っていたのだろう。

狭《せま》く、移動《いどう》がままならない機関部は、森を駆け回っていたシャンテにとっては得意な場所に違《ちが》いない。

そこならレイフォンを狩れると思ったのだろう。

「くそっ」

それは甘《あま》い考えなのだ。

幼い頃《ころ》から獣とともに育ったシャンテの動きは、確《たし》かに他の武芸者とは一線を画したものがあり、予測《よそく》が付きにくい。ゴルネオがシャンテに化錬剄《かれんけい》を教えたのは、適性《てきせい》があったこともあるが、その変幻自在《へんげんじざい》の動きに化錬剄が合っていると思えばこそで、それはまさしく当たりだったのだが……

「その程度《ていど》のことで討《う》てるものか」

知っているのだ。天剣授受者《てんけんじゅじゅしゃ》になるような武芸者がどんなレベルにいるかを。

生まれた時から天剣授受者になる男の側で育ってきたゴルネオは誰よりもそれを理解している。

「くそっ、死ぬなよ」

祈《いの》りながら、ゴルネオは闇《やみ》の中を降下《こうか》した。

†

フェイススコープを外すと、もうなにも見えない。

しかし、フェリの念威《ねんい》によるサポートがないかぎりフェイススコープもまた使い物にならない。

外すしかない。

「フェリになにかあった？　戻《もど》らないと」

戻るだけなら見えなくてもどうにでもなる。どう歩いてきたかは全て頭の中に入っているし、鋼糸《こうし》に先行させれば問題はない。

ただ、それではフェリが窮地《きゅうち》にいる場合、間に合わないかもしれない。

「くそっ」

少数の弱みがこんな形になって現《あらわ》れてしまった。七人揃《そろ》えていればフェリの護衛《ごえい》に誰《だれ》かを残しておけたのに……ニーナの『少数精鋭《せいえい》を気取るつもりはない』という言葉が重くのしかかってきた。

「とにかく、急がないと……」

過《す》ぎたことを悔《く》やんでいる暇《ひま》もない。レイフォンはなるべく急ごうと、活剄を走らせた。

それでも、闇の中を全力で走るわけにもいかない。外界から隔絶《かくぜつ》されたここには、光は、あったとしても微量《びりょう》なものでしかない。視力《しりょく》を強化したところで、ないもので物を見ることはできない。視覚は死んでいた。

こんな状態《じょうたい》ではニーナたちは身動きもできないだろう。

(ここを襲《おそ》われたりしたら……)

あの獣《けもの》が襲ってきたら、どうする？　最後のフェリの言葉はあの獣を発見したことを言っているのではないのか？　嫌《いや》な予感が背筋《せすじ》を寒くさせる。自分はどうにかなるかもしれないが、ニーナたちでどうにかできるとはどうしても思えない。

焦《あせ》りが足を速めさせようとするが、速めすぎては闇の中でなににぶつかるかわからない。もどかしさと戦いながらレイフォンはもと来た道を戻っていく。

その足を止めた。

止めざるを得なかった。

(……殺気？)

首の右側が痺《しび》れるような、突《つ》き刺《さ》さる視線を感じてレイフォンは足を止めた。視線には殺意がこもっている。喉元《のどもと》を狙《ねら》う肉食獣《じゅう》にでも出会ったかのような気分だ。

昔、園の子供《こども》が近所の意地悪な子供に番犬をけしかけられたことがあった。その時の番犬の獰猛《どうもう》な狩猟本能《しゅりょうほんのう》を数倍にしたようなものが首筋《くびすじ》に集中している。

(昨日の？　いや……)

そう思って、レイフォンは戸惑《とまど》いを覚えた。昨日の黄金の獣には殺気も殺意もなかった。ただ、その存在感《そんざいかん》だけでレイフォンを威圧《いあつ》する不可思議《ふかしぎ》な感触《かんしょく》があった。

これにはない。

「別……なのか？」

鋼糸を引き戻し、錬金鋼《ダイト》を剣《けん》の状態にする。

うかつに動けばやられる。

（見えているのか？）

この暗闇の中で殺意は迷《まよ》うことなくレイフォンの首に収束《しゅうそく》している。見えているとしか思えない。

（光のない場所で視覚を利《き》かせられる？　念威繰者《ねんいそうしゃ》か？　でも……）

それなら念威端子《たんし》の移動《いどう》で生じるかすかな空気の乱《みだ》れがあってもおかしくない。

（どちらにしろ、こっちは目が使えない。……しばらくは不利かな？）

剣身さえも見えない闇の中で、レイフォンは静かに相手の出方を待った。焦りは乱れを生む。それは結局時間を無駄《むだ》にすることに繋《つな》がるのだ。今はフェリへの心配に先を急ぐよりも、この障害《しょうがい》を倒《たお》すことが先決だ。

相手が動くのを待つ。来るにしろ去るにしろ、こちらが先に動いて隙《すき》を見せるわけにもいかない。

視線の主は一点から動こうとしなかった。衝勁《しょうけい》を放てば狙《ねら》えないこともないが、下手《へた》にパイプを破砕《ふんさい》すれば、内部に残っている液化《えきか》セルニウムに火がつく恐《おそ》れがある。一度の採《さい》掘《くつ》で一年間、都市の全電力と脚《きゃく》部の動力を支《ささ》える超高密度《みつど》のエネルギーを秘《ひ》めた鉱物《こうぶつ》だ。爆発《ばくはつ》でも起こせばそれだけで都市ごと吹《ふ》き飛ぶ恐れもある。それほど残っているとも思えないが、どのみち、最低でも連鎖《れんさ》的な爆発で機関部内が火の海に変わることだろう。

どのみち、レイフォンが生きていられるとは思えない。ニーナやシャーニッドまで死んでしまう。

(狙ってここを戦場にしたのなら、見事に嵌《は》まったってことなんだろうな)

どこか冷静にそう考えながら、レイフォンは相手が動くのを待った。

(それにしても……)

あの獣ではないとしたら……消去法的に暗闇に潜《ひそ》んでいるのが誰なのか、見当が付く。まさかあの獣以外にも正体不明のなにかがいたなんて考える方が非常識《ひじょうしき》だ。

動いた。

いた場所からまっすぐに……ではない。レイフォンには見えないパイプを蹴《け》って位置を変えて襲《おそ》ってくる。

殺気に向けて剣を向ける。

相手の攻撃《こうげき》を青石錬金鋼《サファイアダイト》が受け止めた。

火花が散る。

一瞬《いっしゅん》の閃光《せんこう》が、相手の顔をレイフォンに確《たし》かめさせた。

「こんな場所で!!」

赤い髪《かみ》が閃光の余韻《よいん》を引き連れて闇の中に戻《もど》っていく。レイフォンはその背《せ》に叫《さけ》んだ。

「あんたはゴルネオの敵《てき》だ。なら、あたしの敵だ！」

シャンテの声が闇の中で反響《はんきょう》した。

「都市外の問題を持ってくるのは校則違反《いはん》ですよ！」

「ここはツェルニの外だ！　馬鹿《ばか》ばーっか！」

「うわ……」

子供《こども》じみた反論《はんろん》に、レイフォンは力が抜《ぬ》ける思いがした。

それでも、シャンテは動きを止めない。辺りにあるパイプの間を飛び回ってどこから襲ってくるのかわからなくさせている。見えていなければできない芸当だ。

(化錬剄《かれんけい》の使い手だったな。目に何らかの変化を起こしている？)

化錬剄の使い手なら、ルッケンスの出であるゴルネオになんらかの手ほどきを受けているのかもしれない。だけど、レイフォンにはルッケンスの剄技《ぎ》に、そんな肉体強化法があったなんて記憶《きおく》はない。

(この人独自《どくじ》のものか？　生まれた都市での独自の剄技か？)

どちらにしろ、こんな暗闇では剄技の解析《かいせき》なんてできない。できないものは盗《ぬす》めない。

(とことん不利だな。笑える)

暗闇の中から迫《せま》るシャンテの攻撃《こうげき》を弾《はじ》きながら、レイフォンは内心で笑った。まだまだ気分的には余裕《よゆう》があった。

(だけど……)

遊んでもいられない。かといって……

「……一つ、聞いておきたいんですが」

「なんだよ？」

攻撃が止まったところで、レイフォンが再び声をかけた。

余裕のある問いに、シャンテがふて腐《くさ》れた気配を見せる。

「フェリからの念威が止んだのですけど、あなたの仕業《しわざ》ですか？」

「そうだよ」

あっさりと認《みと》めた。

「こんな暗いところじゃ、あんたらは物が見えないんだろ？　だったら、見えるようにしてるあいつは邪魔《じゃま》だからな」

「……まさか、殺したりしてませんよね？」

　その言葉を吐《は》いた瞬間、心に冷たいものが落ちた。体内の剄の密度《みつど》が増《ま》す。凍《こお》りついたように感じる心の中で、なにか歯車のようなものがカチリと音を立てて噛《か》み合ったような気がした。

「あいつはむかつくけど、ゴルネオの敵はあんただけだ」

「……そうですか」

　かといって……殺すわけにもいかない。

　冷たいものは去り、歯車はどこかにいってしまった。楽になった気分で、レイフォンは剣《けん》先を暗闇《くらやみ》のシャンテがいる方向に向けた。

　シャンテの驚《おどろ》く気配が届《とど》く。

　あれだけ動き回れば、風の動きと音だけでだいたいの位置はわかる。

「なら、気が済《す》むまで付き合ってあげます」

「調子に乗るなぁ！」

　シャンテがまっすぐに飛びかかってきた。

シャンテの武器、紅玉錬金鋼《ルビーダイト》の槍《やり》を構《かま》え、一矢《いっし》となって突《つ》っ込《こ》んでくる。レイフォンは剣で穂先《ほさき》を流し、位置を変えた。

「このうっ！」

わずかに距離《きょり》を取って仕切りなおすと、シャンテは突きを連続で放ってくる。レイフォンは剣で流そうとして、途中《とちゅう》で後退《こうたい》した。

その瞬間、穂先で赤い光が爆発《ばくはつ》する。化錬剄だ。炎《ほのお》に変じた剄が穂先で爆発した。剣で受けていればレイフォンは焼《や》かれていたことだろう。

「無茶をする。引火したらあなたも死にますよ」

「知るかっ！」

自暴自棄《じぼうじき》にしか取れない叫びを上げて、シャンテが突進《とっしん》してくる。あの槍が間違《まちが》ってパイプにでも刺《さ》されば……連続で放たれる攻撃を、剣先を軽く震《ふる》わせ、極小の衝剄を使って流していく。

「このうっ！」

こんなやり方で攻撃《こうげき》をいなされたことがないのか、シャンテはむきになって突きを繰《く》り出してきた。

頭に血が上っているためなのか、反撃を恐《おそ》れないシャンテの連続攻撃に、自然、レイフォンの足が後退した。

それでも、慎重《しんちょう》に自分の足先を確認《かくにん》しながらの後退だ。踏《ふ》み外して落ちるということはないが、それでも、だんだんと自分のいる位置がわからなくなってきているのも確《たし》かだった。

闇に覆《おお》われた迷宮《めいきゅう》の中に取り残される恐怖《きょうふ》が、一瞬《いっしゅん》だけレイフォンを襲《おそ》った。

「シャンテっ！　やめろっ！」

二人の間に野太い声が割り込んできた。

「ゴルっ⁉」

「やめろっ。こんなこと俺《おれ》は望んではいない！」

シャンテの攻撃が止まり、レイフォンも剣を引いた。ゴルネオは化錬剄を使って掌《てのひら》に炎を浮《う》かばせていた。炎の光が暗闇をぼんやりと押《お》しのけてシャンテの汗《あせ》まみれの顔を映《うつ》す。

「こいつは敵なんだろ？　ゴルの大事な兄弟子をだめにしたんだろ？　だったら、なんで殺しちゃいけないんだよ！」

泣きそうな顔で反論《はんろん》するシャンテに、ゴルネオが苦渋《くじゅう》を浮かべた。

「殺すことなんて望んじゃいない。これは俺が乗り越《こ》えないといけない壁《かべ》なんだ。こいつを、俺は越えなければならない。それこそがガハルドさんへの……」

「わかんないっ！　わかんないわかんないわかんないっ！　敵は殺すんだ！　邪魔者は消えるんだ！　笑わなくなったゴルなんか嫌《きら》いだ。あっちいけぇぇ！」

シャンテの紅玉錬金鋼が光を放った。

「いかんっ！」

ゴルネオが叫《さけ》ぶ。レイフォンも異変《いへん》を感じて下げた剣を持ち上げた。

「うらぁぁぁぁぁぁぁぁぁぁぁぁぁぁぁぁぁっ!!」

シャンテがレイフォン目がけて槍を投擲《とうてき》した。

槍の全体には炎気化した剄がこめられている。流せばどこかのパイプに穴《あな》を開ける。パイプ内の液化《えきか》セルニウムに引火しては……

（上へ飛ばしてすぐ摑《つか》む！）

一瞬でそう決めた。赤い輝《かがや》きを放つ槍に剣を走らせ、弾《はじ》いた。計算通りに槍が上空で回転する。

そこに……

シャンテが跳《と》んでいた。レイフォンのこの行動を予測《よそく》していたのか、槍を摑むと天井のパイプを蹴《け》り、急降下《きゅうこうか》してくる。

これを弾くほどの斬撃《ざんげき》は、シャンテにも怪我《けが》を負わせることになる。

一瞬の迷い《まよ》がレイフォンの行動の選択肢《せんたくし》を奪《うば》った。反射《はんしゃ》的に避《さ》ける。

「しまっ……」

槍が背後《はいご》にあったパイプに突《つ》き刺《さ》さっていた。

驚愕《きょうがく》の中、シャンテが振《ふ》り返り、してやったりの笑みを浮かべているのを見た。パイプの中で急速になにかが膨《ふく》れ上がる音がしていた。パイプの中にこびりつくように残っていた液化セルニウムに引火したのだ。

爆発《ばくはつ》する。シャンテは最初から自分ごとレイフォンを葬《ほうむ》るつもりだったのか……

シャンテの小さな体がパイプを裂《さ》いて噴《ふ》き出してきた炎《ほのお》に包まれる……まさにその時。

「シャンテっ！」

ゴルネオがレイフォンの前に飛び出した。シャンテの小さな体を引き寄《よ》せ、抱《かか》え、その場で全身を使って彼女を守ろうとする。

レイフォンもまた動いた。

炎に包まれながらしゃがみこもうとするゴルネオを後方に蹴り飛ばす。手加減《てかげん》なんてしていられない。肋骨《ろっこつ》の砕《くだ》ける感触《かんしょく》を足に持ちながら、大きく息を吸《す》った。

爆発の轟音《ごうおん》が、紅《くれない》とともにレイフォンに迫《せま》り来る。

（うまくいけよっ！）

祈《いの》りながら、レイフォンは呼気《こき》を吐《は》き出した。

「かぁっ！」

外力系衝剄《けいしょうけい》の変化、咆剄殺《ほうけいさつ》。

ルッケンスの秘奥《ひおう》。サヴァリスは盗《ぬす》まれていないと思っていたようだが、レイフォンはその技《わざ》の仕組みをすでに理解《りかい》していた。

分子構造《こうぞう》を崩壊《ほうかい》させる震動波《しんどう》がレイフォンの口内から吐き出され、眼前《がんぜん》の炎を散らし、パイプを打ち砕く。

さらにその後方にあったパイプも破壊し、さらに……さらに後方にあった機関部の外壁《がいへき》を打ち砕いた。

都市の外が目の前に広がる。空の青い色彩《しきさい》が一瞬、死んでいた視覚《しかく》を強く打った。新鮮《しんせん》な空気がどっと流れ込み、同時にパイプ内で暴《あば》れ狂《くる》っていた炎は大量に流入してきた大気に導《みちび》かれて外へと流れ出る。

爆音が鼓膜《こまく》を蹂躙《じゅうりん》した。

「うあっ！」

衝撃《しょうげき》が全身を叩《たた》く。とっさに衝剄で中和したものの、使い慣《な》れない咆剄殺の余韻《よいん》で十分な到を練《ね》れなかった。レイフォンもまた吹《ふ》き飛ばされる。

異変《いへん》はそれだけにはとどまらなかった。

もとより、汚染獣《おせんじゅう》の襲撃《しゅうげき》を受けた都市だ。都市全体がすでにもろくなっている。爆発の衝撃を受け止めきれるものではない。

地鳴りのように響《ひび》く崩壊《ほうかい》の音。

爆炎《ばくえん》に照らされた中、レイフォンは天井《てんじょう》が落ちてくるのを見た。

†

足元を揺《ゆ》らす轟音《ごうおん》に、ニーナはその場にしゃがみこんだ。

「なにが起きた？」

「そんなのおれが知りてぇ」

同じようにしゃがみこんだらしいシャーニッドが轟音に負けないように怒鳴《どな》った。

揺れは激《はげ》しく、立ち上がることもできない。

「これでは動けん」

フェリからの念威《ねんい》はいまだに絶《た》たれたまま、暗闇《くらやみ》の中に取り残され、しかも立ち上がるのすら困難《こんなん》な揺れに襲《おそ》われては、どうすることもできない。

じわりと、体から汗《あせ》がにじみ出るのを感じた。緊張《きんちょう》で血圧《けつあつ》が上がっているのかとも思ったが、そうではなく、本当に周囲の気温が上がっているのだ。

「なにかが爆発したか？」

「汚染獣がまた来たとか？」

「……もしそうなら、絶望《ぜつぼう》的だな」

シャーニッドの冗談《じょうだん》をまじめに受け止め、ニーナは腰《こし》の剣帯《けんたい》に手を伸《の》ばした。二本の鋼糸《ダ》……

金鋼《イト》は剣帯にしっかりと納《おさ》まっている。握《にぎ》りの感触《かんしょく》を確《たし》かめて、ニーナは冷静さを取り戻《もど》そうとした。

「……すいません、気を失っていました」

フェリのどこかくぐもった声が耳に届《とど》いた。

念威が復活《ふっかつ》したのだ。

「フェリ、大丈夫《だいじょうぶ》か？」

「ええ。誰《だれ》かに気絶させられたようですが、怪我《けが》はありません」

喋《しゃべ》るごとにフェリの意識《いしき》が鮮明《せんめい》さを取り戻していくのがわかった。

フェイススコープを再《ふたた》びつける。フェリの念威が戻ったことで機能が回復《かいふく》し、ニーナとシャーニッドに眼前《がんぜん》の光景を見せた。

ざっと見るかぎり、この周囲にはなにも起きていない。

「なにが起きた？」

「どうやら機関部で爆発が起きたようです」

「なんだと？」

「パイプ内に残留《ざんりゆう》していた液化《えきか》セルニウムに引火した模様《もよう》です。パイプには触《さわ》らないでください。内部はかなりの熱を持っています」

「だからか、このくそ暑いのは……」

シャーニッドが漏《も》らし、パイプから距離《きより》を取った。

たしかに、見てみるといまだに続く音はパイプの中からくぐもって聞こえてきている。

パイプのつなぎ目がぎちぎちと悲鳴を上げていた。

「爆発は機関部の外壁《がいへき》を破《やぶ》り、火は外へと流れているのでとりあえずの危険《きけん》はありませんが、汚染物質《ぶつしつ》が流れ込んできています。すぐに退避《たいひ》してください」

「了解《りようかい》した。レイフォンは無事か？」

「…………」

「おい？」

「レイフォンからの返信がありません。どうやら、念威端子がさきほどの爆発で破損《はそん》したようです。現在《げんざい》、爆発地点を中心に捜索《そうさく》しています」

「なんだと……なら」

たすけに行かなければ……そう言おうとしたのだが。

「パイプの熱が機関部と液化セルニウムのタンクに辿《たど》り着けば、さらに激しい爆発が起きます。退避を」

「まず、レイフォンを探《さが》すのが先だろう！」

「あの人を探すのに集中するのですから、あなたたちのサポートをしている暇《ひま》はないんです。邪魔《じゃま》です。退避を」

フェリの言葉に荒々《あらあら》しさはなく、むしろ淡々《たんたん》とした冷たさが宿っていた。それだけにフェリの胸《むね》の内にある焦《あせ》りを感じ、ニーナは息を呑《の》んだ。

「わかった、さがる」

ニーナが答えても、もはやフェリからの返事はなかった。

揺《ゆる》れは激しさを緩めはしたが、それでも微細《びさい》な震動《しんどう》が止まることはなかった。ニーナとシャーニッドはもと来た道を走りぬけ、無事に昇降機《しょうこうき》に辿り着く。

ワイヤーを投じて、後はただモーターの力で昇《のぼ》るだけだ。

「フェリ、切っていいぞ」

やはり返事はなく、ただ唐突《とうとつ》にフェイススコープの映像《えいぞう》が暗闇《くらやみ》に戻《もど》った。

足下から迫《せ》りあがってくる震動音とワイヤーを巻《ま》き上げるモーターの音が二人を取り囲む。

「あいつ、無事だといいけどな」

ぽつりとシャーニッドが零《こぼ》した。ニーナはなにも答えない。

「心配か？」

シャーニッドの問いに、ニーナは沈黙《ちんもく》だけを返す。

「なぁ、思うんだけどよ。お前ってやっぱレイフォンに気があるんだよな？　堅物《かたぶつ》を通して無理に隠《かく》す必要なんてねぇんじゃねーの？　このままだと、フェリちゃんかあの一般《いっぱん》科のうねーっとした子に取られちゃうぜ。こういう時に冷静なのはありがたいけどよ。ちっとは取り乱《みだ》してくれてもいいと思うんだがな。フェリなんか見てみろよ。関係ねーって面《つら》してるくせに、あいつのことになるとこんなに必死だ。見習っても恥《は》ずかしくないと思うけどな」

ニーナからの返事はやはりない。

「ニーナ？」

ここまで言ってなにも言い返さないのはさすがにおかしいと思っていると、開いたままだった入り口からの明かりがシャーニッドの周りを照らした。

キリキリキリという……ワイヤーを巻くモーター音。それはたしかに二つあるのだが。

「……うわ、おれって間抜《まぬ》け」

シャーニッドの隣《となり》では、ワイヤーとモーターを収《おさ》めたボックスがゆらゆらと揺《ゆ》れているだけだった。

ニーナの姿《すがた》がなかった。

†

気を失ったのはたぶん一瞬《いっしゅん》だ。

ただ、打ち所が悪かったらしく、しばらく体が痺《しび》れて動けなかった。活剄《かっけい》を走らせて全身を確《たし》かめる。流れが淀《よど》む部分はない。

「よし……」

体を起こそうとして、レイフォンは胸に痛《いた》みを感じた。戦闘《せんとう》衣の胸の一部が裂《さ》け、血が滲《にじ》んでいた。気を失った一瞬に、爆発で飛んだ破片《はへん》が胸に当たったのだろう。

周囲にこもった熱が、どっと全身に汗《あせ》を噴《ふ》き出させていた。熱のためか、顔の皮膚《ひふ》がちりちりと痛む。

「さて、どうしようかな？」

上半身を起こしただけの状態《じょうたい》でざっと辺りを見回して、レイフォンはそう呟《つぶや》いた。

あたり一面、折れたパイプやら天井《てんじょう》からの残骸《ざんがい》が埋《う》め尽《つ》くしている。崩壊《ほうかい》の際《さい》にできあがった隙間《すきま》に偶然《ぐうぜん》にも滑《すべ》り込《こ》んだような状態だった。ぎりぎり立てるかどうかぐらいの高さしかない。

フェリとの通信を試みようにも、念威端子《ねんいたんし》の接続《せつぞく》されたフェイススコープがどこにも見当たらなかった。爆発《ばくはつ》でどこかに飛んでいってしまったか、もしかしたら壊《こわ》れたのかもしれない。

レイフォンは青石錬金鋼《サファイアダイト》の剣《けん》を手放していないことに安堵《あんど》した。

瓦礫《がれき》の一部に力づくで穴《あな》を開けることは、できないでもない。すぐに崩《くず》れるだろうがその一瞬で脱出《だっしゅつ》し、さきほど外壁《がいへき》に開けた穴から外に出てそれから都市の地上部に戻ることも不可能《ふかのう》ではないが……

気を失ったために、レイフォンはどちら側に外壁があるのかがわからなくなっていた。これでは、もし間違《まちが》った方向に脱出した時に、無事でいられるかがわからない。

それに……

「ゴルネオ・ルッケンス！　生きていますか？」

大声を張《は》り上げて、ゴルネオを呼《よ》んだ。後ろに蹴《け》り飛ばしたはいいものの、それからどうなったかはまるでわからない。

「……生きているのか？」

不機嫌《ふきげん》な声が瓦礫の向こうから聞こえた。

どうやら、パイプ一つを隔《へだ》てたぐらいの場所にいるようだ。

「無事なようですね」

「ああ、なんとかな」

声につらそうな気配が漂《ただよ》っている。

「やっぱり折れましたか？」

爆炎《ばくえん》から逃《に》がすために蹴り飛ばしたのだが、手加減《てかげん》をする余裕《よゆう》はなかった。骨《ほね》を折った感触《かんしょく》を足が覚えている。

「ああ、それに飛んできた瓦礫にもやられた」

「すいません」

「気にするな……どちらかといえば、たすけたのだろう？」

「…………」

こんな結果ではどうとも言えない。

「それよりも、お前がおれたちをたすけたということの方が、おれには不可解《ふかかい》だ」

「………」

「おれたちがこのままここで死ねば、グレンダンでのお前の所業は誰にも伝わらない。グレンダン出身の人間はもういないからな。会長は黙《だま》っているつもりだろう？　お前の仲間たちにしてもそうだ」

「そうですね」

レイフォンは頷《うなず》いた。

「どうしてだ？　ガハルドさんは殺そうとしたのに、どうしておれたちを殺そうとしない？」

「………」

「ガハルド・バレーンを忘《わす》れていないな？」

ゴルネオの声には責《せ》める鋭《するど》さがあった。パイプの隙間からこちらを覗《のぞ》く顔には殺意と敵《てき》意《い》が宿っていた。

「忘れたとは言わせないぞ……」

「忘れるわけがないでしょう」

レイフォンは答えた。

「忘れるわけがない。……忘れたいと思ったこともない。でも、無理して覚えていようとしていたわけでもないですよ」

「……なんだって？」

「……僕《ぼく》にとって、彼はそれぐらいの意味しかない、そういうことです」

こう言えば彼を怒《おこ》らせる。そうとわかっていても、そういう答え方しかできない。

あの時にはこの男を殺せば全てが解決《かいけつ》する。そう思っていた。だが、レイフォンはそう思うことによってさらに武芸《ぶげい》者にとって守らなければならない最大の律《りつ》を犯《おか》し、大きな落とし穴に落ちることになった。

なによりも、結局……彼を殺して全てが無事に解決したとしても、それは問題を先送りにしただけにしか過《す》ぎなかっただろうとも思う。

ずっと、ああして闇《やみ》試合に関わってお金を稼《かせ》ぐ生活をしていれば、ガハルドの後に続く誰かがレイフォンの前に現《あらわ》れたに違いない。

レイフォンが殺そうと思ったのはガハルドではなく、自分の後ろ暗さを知っている全ての人間だったに違いないのだから。

「貴様《きさま》……」

「ガハルド・バレーンは死にましたか？」

「っ！」

ゴルネオが息を呑《の》んだ。殺意ではなく、単純《たんじゅん》な怒《いか》りが増《ま》している様子を見るかぎり、まだ死んではいないのかもしれない。ゴルネオが知らないだけなのかもしれない。

どちらにしても、レイフォンがグレンダンを出るまで、意識《いしき》不明の状態《じょうたい》から回復《かいふく》したという話は聞かなかった。剄脈《けいみゃく》が壊《こわ》れたままで武芸者が生きていけるはずがない。

自分の行為《こうい》によって人が死ぬ。それはレイフォンの心のどこかにずっと存在《そんざい》している重荷だった。

だけど。

「あの人の妄執《もうしゅう》に付き合うのは、そろそろやめにしたいと思います」

畳《たた》みかけるように言う。自分の過去《かこ》はどこまで行っても自分の足元に不意打ちのように石を転がすことになるだろう。だけど、いちいちそれに躓《つまず》いてなんていられない。

それはもう逃《に》げ出せないものなのだ。なら、転ばないように気をつけて歩くしかない。

石がそこにあるということを知っていれば、転ぶことなんてない。

人を殺した罪《つみ》は消せない。なら、その罪と一緒《いっしょ》に生きていこうと決めている。

遠くグレンダンで、ずっとレイフォンのことを想《おも》ってくれるリーリンがいる。

こんな自分を受け入れてくれたニーナがいる。フェリがいる。シャーニッドやハーレイ……第十七小隊の全員がレイフォンを受け入れてくれている。

ニーナたちを裏切《うらぎ》らないためにも、過去にいつまでも怯《おび》えているわけにはいかない。

「僕があなたを殺せば、新しい誰《だれ》かが僕の敵になるでしょう」

例えば、ゴルネオの恨《うら》みを自分の恨みのようにして襲《おそ》ってきたシャンテ。グレンダンのルッケンスに関わる武芸者たちもそうだろう。

それだけでなく、第五小隊の隊員たちや、ゴルネオがツェルニに来て仲良くなった誰かがレイフォンを恨むことになるだろう。

一つの恨みを潰《つぶ》しても、それはどこかで新しい恨みを生み出すことになる。

連鎖《れんさ》は止まらない。

「だから殺さない」

「ふん、賢《さか》しいこと言うな」

「……もっとも、その人がフェリに危害《きがい》を加えていたら、僕がどうしていたかわかりませんけど」

「…………」

「僕は、心の狭《せま》い人間です。グレンダンでも、ここでも……実際《じっさい》は仲間以外のことなんてどうでもいいんです。武芸者として、天剣授受者《てんけんじゅじゅしゃ》として忘《わす》れてはいけないことも、仲間を守るためにはどうでもいいことになってしまう。そうなってしまう僕は、たぶん、人間として不完全なんでしょう」

そして、自分のその強烈《きょうれつ》な思いは時に暴走《ぼうそう》してしまう。その結果がグレンダンではあの試合で形となり、ツェルニでは前回の老性《ろうせい》体で形になろうとした。押《お》しとどめてくれたのはニーナであり、フェリもまたそれとなく言葉にしてくれていた。

「あの人たちのために、僕はここで同じ失敗をするわけにはいかない。あの人たちがいる限《かぎ》り……それが、僕があなたを殺さない理由です」

「……それなら、おれのこの気持ちはどうなる？」

暗い声が唸《うな》るようにレイフォンに届《とど》いた。

「おれの、このどうしようもない怒《いか》りはどうする？　シャンテにはああ言ったが、おれは貴様を殺したくてしかたがない。武芸者としてのことなんて……お前がやったことがグレンダンにどういう影響《えいきょう》を及《およ》ぼしたかも、おれにはどうだっていい」

ゴルネオの漏《も》らす真情《しんじょう》をレイフォンは黙《だま》って聞いた。

「ガハルドさんは、おれにとって本当の兄のような人だった。本当の兄は、おれにとってはかけ離《はな》れすぎた存在《そんざい》だった。血の通った家族だとは思えないぐらいに、おれにとっては遠すぎる人だった。初代ルッケンス以来の天剣授受者となった兄が家族にとっては全てだった。おれのことなど二の次だ。誰も彼もが兄を見ていた。……そんな中で、おれを見てくれたのはガハルドさんだけだったんだ。それを奪《うば》った貴様を殺したいと思うことが、間《ま》違《ちが》っているとでもいうのか？」

「……間違ってるなんて言いませんし、恨むのをやめてくれなんて言えるわけもないじゃないですか。

僕が言えるのは『好きにしてください』これだけです。あなたが僕の過去を暴《あば》こうとなにをしようと自由です。それを止めることなんて僕にはできない」

「……正しいのだろうな。お前の方が」

ゴルネオの声に苦しげなものが混《ま》じった。

「だが、正しいことで全てがまかり通るわけではないと、お前はもう知っているはずだ」

震《ふる》える声には怒りがあった。

「おれは、おれは……お前を……」

その先の言葉を覆《おお》い隠《かく》すように、

「あ、ああ……あ、ああああああああああああっ！」

第三の声が悲鳴を上げた。

レイフォンでもゴルネオでもない。

「シャンテ！」

　ゴルネオがはっとした声とともに、レイフォンから離れていく。

「どうしたんですか？」

「……守るのが少し遅《おそ》かった」

　爆発《ばくはつ》でシャンテが火傷《やけど》を負ったということだろうか。しかし、あの苦しげな悲鳴はそれだけでは……

　そう思った時、レイフォンは激《はげ》しい胸焼《むねや》けに襲《おそ》われた。それだけでなく、胸の傷口《きずぐち》が火を噴《ふ》いたように痛《いた》み出した。

　この感覚には、覚えがある。

「まさか……」

　胸の前で乾《かわ》き始めた血を乱暴《らんぼう》に手で拭《ぬぐ》って傷口を確《たし》かめた。

　傷口の周囲が黒く変色し始めていた。

「……汚染物質《おせんぶっしつ》」

（エアフィルターが死んでいる？）

　レイフォンが外壁《がいへき》に開けた穴《あな》から侵入《しんにゅう》してきたか。流れ込《こ》んでくる大気はすぐにパイプから零《こぼ》れる炎《ほのお》で焼かれてしまっているはずだが、それでも汚染物質の流入を防《ふせ》ぐ手段《しゅだん》にはならなかったようだ。

それとも、火そのものがすでに消えてしまったか。

思えば、顔の皮膚《ひふ》をちりつかせていた感触《かんしょく》も汚染物質のものだったのだろう。こもっている熱のせいだと思っていたから気付くのが遅《おく》れた。

逃《に》げ場のない狭《せま》い空間にいる限り、汚染物質から逃げる術《すべ》はない。

レイフォンは戦闘《せんとう》衣の上着ごと遮断《しゃだん》スーツを脱《ぬ》ぐと、パイプの隙間《すきま》からゴルネオたちのいる空間へねじ込んだ。

「これでその人を包んでください。多少は時間稼《かせ》ぎになる」

服を脱いだ途端《とたん》に肌《はだ》に汚染物質が当たり、痛みが走る。

「お前の情《なさ》けは受けん」

「殺したい人間がどうなろうと、あなたの知ったことじゃないでしょう。それなら、仲間を大事にしてください」

言い放つと、むりやり上着をゴルネオの方に放り投げて手を引っ込めた。

(さて……もうのんびりしてる時間はない)

最後の呼吸《こきゅう》のつもりで大きく息を吸《す》う。青石錬金鋼《サファイアダイト》の剣《けん》を握《にぎ》りなおし、全身を活剄《かっけい》で満たす。

レイフォンだって死ぬつもりはない。

剣の復元状態《ふくげんじようたい》を鋼糸《こうし》に変える。全方位に放って穴の開いた外壁がどこにあるかを調べなくては……

「フォンフォン……」

その耳元にフェリの声が届《とど》いた。

「フェリ。無事だったんですね」

「それを言うのはこちらの方だと思いますが？」

ほっとしたところで棘《とげ》のある言葉を返されてレイフォンはなにも言えなくなった。

「まったく、あなたはなにをしているんですか？」

「なにって……」

「どうして、あんな人たちをたすけようとなんてするんですか？」

じりじりと、胸の傷を中心に肌が変色を始めている。

「……わたしのことで怒《おこ》ってくれたのはうれしいですが、あなたがどうにかなれば、私はあの二人を許《ゆる》しませんよ」

「……そうですね。軽率《けいそつ》だったかもしれない」

だけど……

レイフォンはゴルネオのために命を狙《ねら》ってきたシャンテのことを考えた。

「彼女の気持ちが、とてもよくわかるから。……そんな二人、死なせられませんよ」

だけど、そのために自分が死ぬのもまたおかしなことなのだろう。

昨夜、ニーナに語った後で、彼女は言ったのだ。

「なぁ、レイフォン。わたしは思うんだが。武芸者《ぶげい》はたしかに人間ではないのかもしれない。武芸者として強くなるには、お前の言うとおり剄という名の気体になるしかないのかもしれない。でもな、それでも……それでも武芸者が自律型移動都市という名の世界でしか生きていけないのは変わりない。人間と一緒《いっしょ》に生きていくしかない。わたしたち武芸者が普通《ふつう》の人間と、普段《ふだん》、そんな線引きもなく生きているのは、武芸者が意識《いしき》的にそうしているわけじゃなくて、心を通わせているからじゃないかな？

人間同士でも武芸者同士でも、相手のことがわからないなんてことはたくさんある。それでも、わたしたちがこうして暮《く》らしているのはどこかの誰かに自分を理解《りかい》して欲《ほ》しい、誰かを理解したいと思っているからじゃないかな？　武芸者と人間の線引きは、そこにはないはずだ。わたしたちはその誰かが欲しいんだ。その誰かがいてくれるから、わたしたちはこうしていられるんだと思う。

そして、そう考えるわたしたちは、やはり人間ではないかな？
体のつくりの違いはあっても、考え方は人間と同じだろう？　いいじゃないか、お前の罪《つみ》をわたしは理解した。理解したわたしを、今度はお前が理解してくれ。そうやって心を繋《つな》げていけるなら、お前は大丈夫《だいじょうぶ》だ」

『わたしが保証《ほしょう》する』

そう言ってくれたニーナを裏切《うらぎ》るわけにはいかない。

ここで死ぬわけにも、罪を塗《ぬ》り重ねるわけにもいかない。

「すいませんけど、これ以上時間をかけるのはさすがにまずい。賭《か》けに出ますから、情報《じょうほう》をください。外壁《がいへき》は、穴《あな》が開いてるのはどっちです？」

黙《だま》りこんでしまったフェリに聞く。

「……左側です。あなたから見て一一〇〇」

それはちょうど、ゴルネオたちのいる空間を貫《つらぬ》いていた。

「ありがとう。ゴルネオっ！　いまからそちらに大穴を開けます。都市の外壁から外に出てそのまま地上部に戻《もど》ります」

「なんだと？」

「すぐに崩《くず》れると思いますから、のんびりしてる時間はないですよ」

「待て……そんなことが……」

「ルッケンスを名乗っているのなら、やってみせてください。あなたの仲間のためにも」

「………」

沈黙《ちんもく》を肯定《こうてい》と受け取った。溜《た》め込んでいた剄を全身に解《と》き放つ。なんとか立ち上がれるかぐらいの狭《せま》い空間では、剣《けん》も満足に構《かま》えられない。咆剄殺《ほうけいさつ》を使いこなせればそんな苦労もないのだろうが、さっき使った感覚からすれば、精密《せいみつ》さを求めるにはまだまだ練熟《れんじゅく》が足りないのは明らかだ。

それなら、もっとも信頼《しんらい》できる自分の剣の腕《うで》に託《たく》すしかない。

なんとか体を捻《ひね》り、剣を後ろに持っていく。

剣身に衝剄を注ぎ込み続ける。びりびりと剣が震《ふる》える。破壊《はかい》力として生まれる衝剄を剣の形に収束《しゅうそく》させる。汚染獣《おせんじゅう》の鱗《うろこ》を断つ時よりも念入りにまとめあげられた剄は、剣身などなくてもただそれだけで剣のように扱《あつか》うことができるだろう。

「いきますよ……」

締《し》め上げていた剄の圧力《あつりょく》をわずかに緩《ゆる》める。剣身から零《こぼ》れた剄が周囲の瓦礫《がれき》を一瞬《いっしゅん》にして切り裂《さ》いた。絶妙《ぜつみょう》のバランスで作り上げられていた空間がそれで崩壊《ほうかい》の兆《きざ》しを見せる。

もう、後戻りはできない。

レイフォンは後ろ回し気味に斜《なな》め下段《げだん》に構《かま》えた剣を上段へ一気に持ち上げ、そして振《ふ》り下ろした。

外力系衝剄《けい》の変化、閃断《せんだん》。

解き放たれた剄は斬線《ざんせん》の形を保《たも》ってまっすぐに飛ぶ。進行上にある全てのものを真っ二つに切り裂き、レイフォンの前に道を作った。

シャンテを抱《かか》えたゴルネオの姿《すがた》も見えた。

「いまっ！」

内力系活剄の変化、旋剄《せん》。

残心の形のまま、レイフォンは飛び出した。頭上からはすでに瓦礫が落ちてこようとしている。上からのしかかる圧迫感《あっぱくかん》に押《お》し出されるように、レイフォンは外壁の外に飛び出した。

腕をふるって、体の向きを変える。

「くっ！」

外気に満ちた汚染物質《ぶっしつ》が今まで以上にレイフォンを焼《や》く。眼球《がんきゅう》が焼け付くほどに痛《いた》む。

だが、今目を閉《と》じるわけにはいかない。

錬金鋼《ダイト》を剣から鋼糸《こうし》へ。レイフォンの後から飛び出したゴルネオに鋼糸を巻《ま》きつけ、同時に地上部へと鋼糸を伸《の》ばす。

だが……

飛び出したときの勢《いきお》いが殺せない。

それはゴルネオもまた同様だった。

(まずい)

この勢いを無理に鋼糸で止めようとすれば、レイフォンはともかくとしてゴルネオは鋼糸の圧力で引き裂けてしまう。だが、ゴルネオの方も脱出《だっしゅつ》に手一杯《ていっぱい》で、自分の力で勢いを殺す手段はなさそうだ。なにより、初めての生身での外気との接触《せっしょく》のはずだ。汚染物質のもたらす痛みに混乱《こんらん》している様子だった。

このまま失速するまで……

その考えを否定《ひてい》するかのように、ゴルネオの直進する方向に都市の足がそびえている。

「ぶつかるっ! 蹴《け》って!」

叫《さけ》んでみたが、ゴルネオが動く様子がなかった。

(気絶《きぜつ》している?)

思えば、ゴルネオとてあの爆発からシャンテを守ろうとしていた。レイフォンが蹴り飛ばしたことで骨折《こっせつ》もしている。無事であったはずがないのだ。

(だめかっ)

レイフォンの位置からでは止めようもない。

絶望《ぜつぼう》が、胸《むね》の内を黒く圧迫した。

その時、レイフォンたちが飛び出した穴《あな》から、崩壊《ほうかい》の煙《けむり》を切り裂いて飛び出す影《かげ》があった。

「え？」

その影はゴルネオを追いかけるようにして飛び、彼を追い抜《ぬ》くと都市の足に瞬間《しゅんかん》、直角に着地した。

着地の衝撃《しょうげき》が、影にまとわり付いていた煤《すす》と煙を弾《はじ》き飛ばす。

鮮烈《せんれつ》な輝《かがや》きを零《こぼ》す金髪《きんぱつ》が、レイフォンの目に飛び込《こ》んだ。

「隊長？」

ニーナは自分に向かってくるゴルネオを全身で受け止めた。苦悶《くもん》がその顔に走る。彼女の足に溜《た》め込まれていた力が、ゴルネオの勢いを殺すためだけに使われたのは明白だった。

重力の手につかまれ、落下しようとするニーナに新たな鋼糸を飛ばし、三人まとめて地上部めがけて放り投げた。

遅《おく》れて、レイフォンも自分にかかっている勢いを殺して地上部に戻《もど》る。

目の錯覚《さっかく》ではなかった。

気絶して地面に倒《たお》れたままのゴルネオたちの横に、脱力《だつりょく》して座《すわ》り込んだニーナの姿《すがた》があった。

「お互《たが》い、無事だな」

真っ赤になった目から涙《なみだ》を零《こぼ》しながら、ニーナが引きつった笑いを浮《う》かべていた。

「無茶を……しないでくださいよ」

全身から一気に力が抜けて、レイフォンはその場にへたり込んでしまった。

地上部はなんとかエアフィルターが生きているらしい。汚染物質《おせんぶっしつ》の痛みはゆっくりとだが体から去ろうとしていた。皮膚《ひふ》に癒着《ゆちゃく》した分はどうにもならないが、これ以上ひどくもなる様子がない。

「わたしの気持ちがわかったか？」

「え？」

「お前が無茶をしている時の、わたしの気持ちがわかったか？　この間のわたしはそういう気持ちだったんだ。きっとな」

「は、はは……」

しばし唖《あ》然《ぜん》とさせられたレイフォンだが、怒《おこ》るよりも呆《あき》れるよりも先に、なぜか笑いがこみ上げてきた。

気が付けば、大声で笑っていた。

「なにがおかしい？　まったく……」

言いながら、ニーナも笑っている。

そうしている内に二人で笑い転げてしまい、フェリとシャーニッドがやってくる頃《ころ》には笑い疲《つか》れたのと汚染物質に侵食《しんしょく》された痛《いた》みでそこから動けなくなってしまった。

エピローグ

目が覚めると、違和感《いわかん》があった。

見慣《みな》れた寮《りょう》の、自分の部屋の天井《てんじょう》だ。どの部屋も同じ間取りで同じ壁紙《かべがみ》を使っているのだろうけれど、天井の模様《もよう》にある汚《よご》れの位置まで同じなわけがない。背中《せなか》に当たるベッドの感触《かんしょく》、空気に混《ま》じる気配。ここは間違《まちが》いなく、リーリンの部屋だ。

だけど、どうしてここに？

それが違和感の一つ。

そして……

「…………あ」

「…………なにしてるんですか？」

最大の違和感の主が、リーリンの上にいる。

四つんばいで、覆《おお》いかぶさるようにして。

なぜかパジャマ姿のリーリンの、そのパジャマのボタンを上から順に外しているシノーラの姿がある。

「やぁ……やっぱ、ブラしたままだと寝苦《ねぐる》しいかな〜？　と思って」

「余計《よけい》なお世話です」

「だってこのブラ、がっちりあれであれする補正物《ほせいぶつ》じゃないの。リーちゃんたら普通《ふつう》でもそんなの必要がないくらいにあるのに、こんなのしてたら苦しいでしょうに」

「だから……余計なお世話ですから」

シノーラを押しのけて起き上がると、リーリンはパジャマのボタンをとめなおした。

大きなボタンが四つあるだけのパジャマで、二つも外されている。白いブラがはっきりと露《あらわ》になっていて、リーリンは頬《ほお》が真っ赤になったのを感じた。

「まったくもう……」

そう言いながらボタンをとめていると、冷静さが戻《もど》ってきた。

（わたし、どうしてここに？）

思い出す。養父のところにいて、そこでガハルドが襲《おそ》いかかってきたのだ。

養父は倒《たお》れ、リーリンはそこからわけがわからなくなってしまった。

でも……混乱《こんらん》してうまくまとめられない記憶《きおく》の中に、たしかにシノーラの姿《すがた》があった。

「先輩《せんぱい》……父さん……は？」

聞こうとして、言葉が次第に尻《しり》すぼみになってしまった。頭の中に浮《う》かんだのは最悪の結果で、もしもそれをシノーラの口から知らされたとしたらと……

「大丈夫《だいじょうぶ》だよ」

気を失いそうな気分のリーリンに、シノーラが優《やさ》しく笑いかけた。

「リーちゃんのお父さんは病院にいる。大丈夫、時間はかかるけど、治《なお》るよ」

「……よかった」

いつのまにか全身にこもっていた力が抜《ぬ》け、浮いていた腰《こし》がベッドに落ちた。

安心すると、今度は目頭が熱くなる。

「本当に……よか……」

言葉にならない。喉《のど》が痙攣《けいれん》するように震《ふる》え、リーリンは零《こぼ》れそうになる嗚咽《おえつ》を手で抑《おさ》えた。

また失うかと思った。また、リーリンの前から大事な人がいなくなるのかと思った。

止まらない涙《なみだ》に両手で顔を覆ったリーリンを、シノーラが抱《だ》きしめてくれた。

リーリンはシノーラの胸《むね》で泣き続けた。

やがて、リーリンはシノーラの腕に抱かれたまま眠《ねむ》りに落ちた。

再《ふたた》び……今度は自然な眠りに落ちたリーリンをベッドに戻し、シノーラは部屋を出た。

「……あの子を外に出したのは失敗だったかな？」

部屋にいるリーリンに間違っても聞かれないように、言葉を廊下《ろうか》に流す。

「でも、他にどうしようもなかったのよね。ごめんね」

か細いため息とともにリーリンに詫《わ》び、シノーラは休日が明けた時にいつものリーリンに出会えることを祈《いの》りながらドアを閉《し》めた。

†

降《ふ》るような星空の下に都市が二つ並《なら》んでいた。

ツェルニと、ついに名前を知ることができなかった廃都《はいと》。機関部の爆発《ばくはつ》によって完全に死んでしまった廃都は、まるでツェルニの影《かげ》のようにそばに佇《たたず》んでいた。

その廃都を見ることのできる外縁部《がいえんぶ》に一つの光がある。

街灯がもたらす、地面に降り注ぐ白い光ではない。黄金色だった。

その光は淡《あわ》く、闇《やみ》を優しく押《お》しのけるようにして宙《ちゅう》に浮いていた。

光の中に、一つの姿がある。

自分の身長よりも長い髪《かみ》を垂《た》らした裸身《らしん》の童女《どうじょ》がその中にはあった。

都市の意識《いしき》。電子精霊《せいれい》とも呼《よ》ばれるこの都市の自我《じが》。

名は、都市の名そのままに。いや、その名はこの童女のものなのだから、それはおかしなことではない。

ツェルニがそこにいた。

普段《ふだん》ならば機関部の中で飛び回る程度《ていど》で済《す》ますツェルニが都市の外にいる。

ツェルニの大きな瞳《ひとみ》は、どこかぼんやりとした様子で空を見上げていた。

そのツェルニの前に新たな光が突如《とつじょ》として現《あらわ》れ、電子精霊はそこに視線《しせん》を下げた。

黄金色の牡山羊《おやぎ》が、ツェルニの目に映《うつ》った。

ツェルニの瞳が悲しみの色を宿す。

牡山羊はただ黙《だま》って童女の前で首を振《ふ》った。

そこでどんな会話がなされたのか……それは人間の聴覚《ちょうかく》では決して聴《き》き取ることのできないものだった。

ほんのわずかな邂逅《かいこう》の後、牡山羊の姿が消えた。

ツェルニは、名残惜《なごりお》しげに宙で何度か回転すると、機関部を目指して飛び去っていった。

後には、変わることのない学園都市の夜が残された。

あとがき（不毛な催促《さいそく》はやはり不毛編）

もともと緑なので赤く塗《ぬ》ってみてもどうにもなりません。雨木《あまぎ》シュウスケです。七月刊行なわけです。一年の後半戦ですよ。前半戦終わるの早すぎ。体感速度がかなりおかしい。主《おも》に一巻が出た辺《あた》りから。

まぁそれでも、緑は緑なりにやるわけです。バージョンアップしながら……あれ、ザクⅢって緑色だっけ？　てか、高起動型も黒じゃなかったっけ？　偵察《ていさつ》用のカメラ持ったあれも黒っぽかった気がしてきたぞ。

いけるかハイザック？

そういえばずっと前のこと、とある書店の日本の誇《ほこ》る有名ロボット戦争アニメのノベルがある棚《たな》で、赤い人を使った手製ポップがあったのですよ。

赤い人はこう仰《おっしゃ》ってました。

「ザクとは違うのだよ、ザクとは！」

面白《おもしろ》かったので記念に携帯《けいたい》で撮《と》ってます。

さて、三巻です。

あれがあれしてああなって、なんだかもうよくわからないままにズババンとやってしまった隔月《かくげつ》刊行のラストです。といってもストーリーそのものはまるで終わってませんね。続きますし続けます。いつ「飽《あ》きた」と言われないかドキドキしながらやります。

次巻はほんの少しだけ間が空《あ》きます。どれくらい空くかはあとがき最後の方にある予告めいたもので。

『東京に行ったよ』

六月に東京に行きました。

広島から、新幹線《しんかんせん》で。

なにげにすぐ近くに空港があるというのにあえて新幹線で行ってみました。

だって、飛行機って落ちるじゃん？

まぁ、それは冗談《じょうだん》であろうということにしておいて、新幹線で行ったのですよ。こだまさんからのぞみさんに乗《の》り換《か》えるという、これだけを言うとなんだかとてもひどい男のような表現で東京に行きました。お土産《みやげ》はぷよまんか紅葉饅頭《もみじまんじゆう》かで悩《なや》んだ末に紅葉饅頭にして行ったのですよ。

四時間かけて。

……四時間って、けっこう暇だね。

いやいやいや、携帯に入れといた曲データが二周ぐらいしたよ。まぁ、アルバム三、四枚くらいなんだけどね。それにしても二周って……

飛行機の方が早かったのかなぁ？

東京でなにしたかっていうと打ち合わせをしたり、打ち合わせをしたり、新調した名刺《めいし》を配《くば》りまわってみたりしてたのですが。

雨木的メインイベントは深遊《みゆう》さんとお会いすることだったんですけどね。

というわけで深遊さんにお会いしたわけですよ。

できたてほやほやの絵を見せてもらいました。おお～サイズが大きい。持って帰って飾《かざ》りたい……

『キャリーバック』

東京行きに向けてキャリーバックを買ったのですよ。べつにキャリーバックでなくてもよかったんだけどガラゴロガラゴロ引っ張って移動させるのをやってみたかったから。まぁ、その程度の動機なのでお安いのを買ったのです。三千円ぐらいのやつ。よーし、パパ新幹線でお仕事しちゃうぞ～とノーパソまで持っていきました。

いざ新幹線。こだまはすぐに乗り換えてしまうのでのぞみに乗ってからいそいそとノーパソを……って。

のぞみって、意外に席が狭《せま》いかも？

もう何回も乗ってるのだけど、改《あらた》めてそう思った。そうか、グリーン席にしないとだめか。

雨木もいつかはグリーン席……（遠い目）。

まぁ、行きは人が少なかったのでそれほど気にせず取り出しました。テーブルの上に乗せました。開きました。電源入れました。

コンセントがないから内蔵《ないぞう》電源に頼《たよ》る。……二時間くらいしかもたね。

しかも慣《な》れない場所だし、少ないっていっても人はいるわけだから人の目が気になる……（小心者）

結局、一時間くらいがんばって原稿《げんこう》用紙一枚くらい書いて終わり。帰りは人が多かった上に指定席が通路側《がわ》だったので取り出すことすらしませんでした。

さらに不運だったのが帰り。まぁ、時期が時期だっていうのもあるのだけれど……起きた時には気付かなかったけど、チェックアウトするのにロビーまで行ったら……雨がどしゃぶりやがってたよ。

傘《かさ》？　持ってきてないよ？

持ってきててもキャリーバックはけっこう重いから下げてなんていられないよ？

ホテルの人に言ったらビニール傘くれましたけど、やっぱりバックまでは守れない。中まで水が染《し》みないことを祈《いの》りながらガラゴロ引っ張って帰りましたよ。

『びっくりの効能《こうのう》』

東京帰りから数日、慣れない長時間の移動のためか疲《つか》れが抜けなかったのですよ。いくら寝ても寝足りない。雨の日は良く眠《ねむ》くなるので、それのせいかなとも思ってたんだけどどうもそれだけではないっぽい。やっぱり疲れてるんだなぁと思ってたところでこいつと出会ったのです。

アサヒの酸素水。

けっこう前に酸素がいいとかいうのをテレビで見てたので試《ため》しに買ってみたのです。

びっくりするぐらいにシャッキリした。

なんだかもうやばいクスリなのかってくらいです。

これからもしばらく買ってみよう。


『ドラマガだってさ』

ドラゴンマガジン八月末売り十月号から短編が三ヵ月連続で掲載《けいさい》されます。女の子の中から三人を主人公にして、それぞれの視点で学園生活を送らせてみました。

どんなものかと思ったならドラマガゲットでゴー!!


『四巻だってさ。十月らしいよ？（予告編）』

対抗試合も大詰《おおづ》めに向かっていく中、ニーナは人数不足をより強く感じるようになる。

新たな隊員を誰にするか？　その中で彼女が選んだのは……

同じ頃、都市の中で一つの動きがあった。闇《やみ》に潜《ひそ》むその動きにレイフォンとシャーニッドはそれぞれに関わっていくことになる。崩《くず》れた三角関係《トライアングル》を前に、シャーニッドは、そしてレイフォンはなにを決め、なにを行うのか？

次回、鋼殻のレギオスⅣ　コンフィデンシャル・コール

お楽しみに。

読者の皆さん及びイラストの深遊さんはじめ、この本に関わった全ての人に感謝を。

三巻発売日の数日後に○○才な　雨木シュウスケ

富士見ファンタジア文庫

鋼殻《こうかく》のレギオス3

センチメンタル・ヴォイス

平成18年7月25日　初版発行
平成21年1月25日　十七版発行

著者――雨木《あまぎ》シュウスケ《しゅうすけ》

発行者――山下直久

発行所――富士見書房
〒102-8144
東京都千代田区富士見1-12-14
http://www.fujimishobo.co.jp
電話　営業　03(3238)8702
　　　編集　03(3238)8585

印刷所――旭印刷
製本所――本間製本

ISBN978-4-8291-1846-7　C0193

富士見ファンタジア文庫

鋼殻のレギオス

雨木シュウスケ

大地の実りから見捨てられた世界。異形の汚染獣たちが都市の周りを闊歩し、人類は〈自律型移動都市《レギオス》〉の中で暮らす。

　学園都市ツェルニの新入生レイフォンは一般科の学生だったが、生徒会長に才能を見抜かれ、武芸科へ転科するはめになる。しかし彼には剣を持てない理由があった……。

　史上最強の学園アクション・ファンタジーが開幕！

富士見ファンタジア文庫

鋼殻のレギオスⅡ

サイレント・トーク

雨木シュウスケ

幼馴染みリーリンからレイフォンに宛てられた手紙を偶然手にして、そっと開けてしまったのはひとりの少女……。

そんなことはつゆ知らず、レイフォンは小隊長ニーナとのぎすぎすした関係、さらに「戦う」ことの意義について自問自答する日々を送っていた。

そして手紙は、気まぐれな風のようにあちらこちらと飛び回り──。

第19回「量産型はダテじゃない!」
柳実冬貴&銃爺
大賞賞金300万円にパワーアップ!
ファンタジア大賞
作品募集中!
気合いと根性で送るでござる!
きみにしか書けない「物語」で、今までにないドキドキを「読者」へ。
新しい地平の向こうへ挑戦していく、勇気ある才能をファンタジアは待っています!
大賞 正賞の盾ならびに副賞の300万円
金賞 正賞の賞状ならびに副賞の50万円
銀賞 正賞の賞状ならびに副賞の30万円
読者賞 正賞の賞状ならびに副賞の20万円
詳しくはドラゴンマガジン、弊社HPをチェック!
(電話でのお問い合わせはご遠慮ください)
http://www.fujimishobo.co.jp/
第18回「黄昏色の詠使い」
細音啓&竹岡美穂
第17回「七人の武器屋」
大楽絢太&今野隼史